Gertrudis Gómez de Avellaneda

La hija
de las flores

Barcelona **2024**
Linkgua-ediciones.com

Créditos

Título original: La hija de las flores.

© 2024, Red ediciones S.L.

e-mail: info@linkgua.com

Diseño de cubierta: Michel Mallard.

ISBN tapa dura: 978-84-9897-438-6.
ISBN rústica: 978-84-9816-955-3.
ISBN ebook: 978-84-9897-805-6.

Sumario

Brevísima presentación

La vida

Gertrudis Gómez de Avellaneda (Camagüey, 1814-Madrid, 1873), Cuba. Era hija de un oficial de la marina española y de una cubana. Escribió novelas y dramas y fue actriz. Estudió francés y leyó mucho, sobre todo autores españoles y franceses. Tras una corta estancia en Burdeos, vivió un año en La Coruña y después en Sevilla, donde conoció a Ignacio Cepeda, con quien tuvo un romance. Por esta época ejerció el periodismo y estrenó su primer drama. Su creciente prestigio literario le permitió establecer amistad con Espronceda y Zorrilla. Poco después se casó con Pedro Sabater, quien murió unos meses después.

Tras un retiro conventual, la Avellaneda volvió a Madrid y, entre 1846 y 1858, estrenó al menos trece obras dramáticas. Hacia 1853 quiso entrar en la Academia Española, pero se le negó por ser mujer. En 1855 se casó con el coronel Domingo Verdugo, conocida figura política que en 1858 fue víctima de un atentado. Más tarde éste fue nombrado para un cargo oficial en Cuba. Entonces la Avellaneda dirigió en La Habana la revista Álbum cubano de lo bueno y de lo bello (1860).

Su marido murió en 1863 y ella se fue a los Estados Unidos. Estuvo en Londres y París y regresó a Madrid en 1864.

Durante los cuatro años siguientes vivió en Sevilla. Utilizó el seudónimo de La peregrina.

Personajes

Flora
Flora, jardinera, esposa de
Juan Cantueso
El Barón, padre de
Doña Inés de Povar
Don Luis, sobrino de
El Conde de Mondragón
Beatriz, nodriza de
Doña Inés
Criado 1.º
Criado 2.º

Acto I

La escena pasa en una casa de campo de las inmediaciones de Valencia, y a corta distancia del mar. Época para los trajes, siglo presente, allá por los años de 10 a 20.

Jardín espacioso, con grupos de frondosos rosales y otros arbustos floridos. A la derecha del actor, fachada y puerta de una casa de campo; al fondo, una verja con puerta que da entrada al jardín; detrás de la verja, casi en el centro, un poco hacia la izquierda, pero también en el foro, una pequeña glorieta o cenador, cubierto de verdura. Dos bancos de piedra a derecha e izquierda del proscenio, y algunas sillas rústicas. Al levantarse el telón comienzan a aparecer los albores matinales.

Escena I
Flora y Juan.

(Salen ambos de la casa.)

Tomasa	¡Jesús! si amanece apenas. ¿A qué privarme del sueño a tales horas?	
Juan	¡Eh! calla; que es un potro de tormento la cama, con calor tanto.	5
Tomasa	Para mí no; sin objeto, sin motivo madrugar...	
Juan	Mujer, según reza el pliego recebido ayer, ¿no vienen de aquesta finca los dueños, hoy veintisiete de junio?	10

Tomasa	¿Y qué?

Juan	¡Qué!... seis aposentos
	mandan preparar; ¡es nada!
	y hay que tenerles almuerzo
	prevenido, y muy temprano.

15

Tomasa	¡Ya! Si te tomas a pecho
	lo que no es de tu encumbencia...
	Somos aquí jardineros
	y nada más.

Juan	Yo no digo
	que no; pero el amo mesmo,
	desque murió el tío Robles
	(que Dios lo tenga en su reino),
	de su propio puño y letra
	me escrebió en estos conceutos:
	«Juan, en tanto que decido
	quién ha de ocupar su puesto,
	tú harás en todo y por todo
	las veces del probe muerto.»
	De lo dicho acá, dos meses
	van corridos, y de nuevo
	nada ocurrió; conque, ansí,
	soy mayordomo de hecho.

20

25

30

Tomasa	¡Pues!, ¡oficio sin salario
	le place al amo, lo creo!
	Como te ven un Juan Lanas,
	abusan.

35

Juan	Que agusen, bueno;

el caso es que yo hablo gordo
y gozo todo el respeuto
de mayordomo. ¿No has visto
que a mí mismo, a Juan Cantueso,   40
vuelve a escrebirle nuestro amo,
y con letrones tan gruesos?

(Saca un papel.)

Tomasa   Dame acá. Con mi jaqueca
                de ayer, casi no recuerdo
                lo que dice la tal carta.   45

Juan   Lee y verás.

Tomasa   Sí que leo.

(Leyendo.)   «Buen Juan, tu antigüedad en mi servicio, y las otras
                circunstancias que te recomiendan, merecen la pre-
                ferencia que hago de ti, para anunciarte que mi hija y
                yo hemos determinado pasar algunas semanas en esa
                casa de campo, donde almorzaremos, si Dios quiere,
                mañana veintisiete de junio.»

Juan   ¿Ves?

Tomasa   ¡Qué antojo repentino!

Juan   ¿Qué hemos de hacer?... lo tuvieron.

Tomasa   (Que continúa leyendo.)
                «Acaso antes que nosotros, llegarán mis amigos el
                conde de Mondragón y su sobrino don Luis»...
                Conque, ¿también convidados?

(Representando.)	Pues, señor, yo me divierto. 50 ¡Tanta gente a que atender, sin más criada que el trastuelo de Blasa, que es tan inútil, tan holgazana!...
Juan	Pacencia. El amo...
Tomasa	El amo es un viejo 55 insufrible, estrafalario. Ha seis años por adviento, que pisó aquellos umbrales la vez postrera.
Juan	Es muy cierto; un día estuvo y no más. 60
Tomasa	Como es la corte su anhelo, allá se fue desde entonces hasta hace poco que ha vuelto a Valencia, y —según dicen— más maniático y más terco 65 que nunca.
Juan	Vamos, Tomasa, recuerda que el pan comemos en su casa, y no te pongas a murmurar sus defeutos. Cada uno cual Dios lo hizo. 70
Tomasa	De lo que más me sorprendo es de que venga su hija.

Juan	Por conocerla me huelgo.
Tomasa	Yo, de moza, tuve entrada
	en aquel semiconvento 75
	de su tía.
Juan	En paz descanse.
Tomasa	Como hay algún parentesco
	entre Beatriz, su nodriza,
	y mi padre, el privilegio
	de visitarla alcanzaba, 80
	y en verdad que era un portento
	de hermosura por entonces
	doña Inés; no sé si luego...
Juan	¡Bah! de aquel tiempo al presente,
	veinte años hay de por medio. 85
Tomasa	Dime, ¿y vendrá la Beatriz
	con doña Inés?
Juan	Volveremos
	a ver la carta.

(La saca.)

Tomasa	No, hombre.
	Si Beatriz viene, me alegro
	del antojo del Barón; 90
	llegue en buen hora.
Juan	Tu afeuto

por ella es justo; no hay cosa
más natural.

Tomasa (Con ironía.) ¡Por supuesto!
¡Como se porta tan bien!...
Ya ves, no rompe el silencio   95
que guarda, va para un año;
y aun hace más no merezco
que, de memoria en señal,
me haya mandado un pañuelo,
una cinta, un alfiler...   100
¡Venga! ¡Venga! Yo prometo
que me ha de hallar una cara,
que, quiera o no, la dé miedo.

Juan   Mujer, pues no haces justicia;
que a la Beatriz le debemos   105
el estar doce años hace
en posesión del empleo
que nos da el pan.

Tomasa   Me parece
que no estábamos hambrientos
allá en casa del Marqués,   110
cuidando su hermoso huerto,
cuando el Barón nos llamó
—de la nodriza al empeño—
para darte plaza igual
a la que dejabas.

Juan   Niego   115
la igualdá, que gano aquí
el doble, y a más campeo
por mi respeuto en la casa.

Tomasa	Y a no ser por mis aumentos,	
	¿hubiera yo a Castellón	120
	dejado? No, ni por pienso.	
	El Marqués era un buen amo,	
	¡y qué jardines aquéllos!...	

Juan	Allá, Tomasa, hizo Dios	
	un milagro en favor nuestro;	125
	pues —a falta de hijos propios—	
	nos dio el ángel a quien quiero	
	más que a mi alma.	

| Tomasa | Le hace daño | |
| | de ese cariño el exceso. | |

| Juan | ¿Daño? | |

Tomasa	No poco: tu primo,	130
	que hoy logra ser nada menos	
	que capitán de un buen buque	
	mercante, con más dinero	
	que un judío, y con más años	
	que...	

Juan	De ese asunto no hablemos.	135
	¡Mujer! Me tiemblan las carnes,	
	¿qué digo carnes?, los güesos,	
	al recordar que has querido	
	entregarle mi embeleso	
	a un extraño.	

| Tomasa | A un viejo rico, | 140 |
| | solterón sin heredero, | |

15

	y pariente tuyo.	
Juan	¡Calla!	
Tomasa	Quiere tener el consuelo de prohijar a una joven honrada...	
Juan	Yo no me meto en lo que él quiera.	145
Tomasa	¡Egoísta! ¿No ve tu cariño ciego lo mucho que gana Flora si, según promete hacerlo, tu anciano primo la adopta, y cuando muera...?	150
Juan	Acabemos. ¿Quisieras tú que mi niña, revuelta con marineros, corriese por esos mundos siempre al capricho del viento?	155
Tomasa	A México va Beltrán, y éste es su viaje postrero. Bien sabes piensa fijarse en aquel tan rico suelo, donde ya tiene una casa y tierras, y...	160
Juan	Buen provecho.	
Tomasa	Si adopta por hija a Flora,	

	como anhela...	
Juan	No consiento.	
Tomasa	Pues le impides su ventura.	
Juan	¡Llevársela allá, tan lejos! ¡No quiero, no! ¡Voto a cribas!	165
Tomasa	Conque, ¿no cedes?	
Juan	No cedo.	
Tomasa	¿No me das gusto?	
Juan	No doy.	
Tomasa	¿Te rebelas?	
Juan	Me rebelo.	
Tomasa	Saldrá del puerto mañana la Tisbe.	170
Juan	¿Sí? Le deseo feliz viaje.	
Tomasa	Y por ser tú tan obstinado y tan necio, pierde la niña un buen padre que la deparaba el cielo.	175
Juan	Sin padres vino a este mundo, y se pasará sin ellos.	

Tomasa	Corriente; pero ¡cuidado
	con la lengua!... Te lo advierto.
	No hay que hablar con los señores 180
	de Flora, ni del misterio
	de su origen.
Juan	¿Por qué causa?
Tomasa	Primera, porque lo ordeno.
Juan	¡Ya!
Tomasa	Segunda, porque a nadie
	le interesa aquel secreto; 185
	y tercera, porque basta
	para callar un suceso
	saber que aunque lo oigan muchos
	ninguno habrá de creerlo.
Juan	¡Eso sí! que es tan extraña 190
	la cosa... pero ¿qué debo
	responder si ven a Flora
	y me preguntan?
Tomasa	¡Mostrenco!,
	respondes que es hija tuya,
	y hete aquí que acaba el cuento. 195
	Además, pueden no verla;
	bien sabes cuál es su genio
	y cómo huye de las gentes.
Juan	Las flores son su universo.

Tomasa	Desde que viste aquel traje	200
	tan rico y tan pintoresco,	
	que hace que al verla se rían	
	pescadores y labriegos,	
	le agrada más andar sola,	
	y yo misma apenas puedo	205
	echarla la vista encima.	
	¡Oh! ¡no sabes lo que peno	
	con la tal niña! Es muy mona,	
	tiene donaire, despejo,	
	buen corazón; mas carácter	210
	tan caprichoso y travieso,	
	no vi jamás.	
Juan	¡Vida mía!,	
	me tiene embobado, lelo.	
	¡Es tan relinda!	
Tomasa	¡Y tú eres	
	tan padrote!	
Juan	Lo confieso.	215
Tomasa	Me la pierdes con tus mimos,	
	y te gastas el dinero	
	para adornarla a su antojo.	
	En fin, pues huéspedes tengo,	
	despertaré a los criados.	220
	Lo que es ella, ten por cierto	
	que ya no estará en la cama.	
	Por más que grito y pateo,	
	no consigo que la aurora	
	la halle jamás bajo techo.	225

Juan	Bueno es que madrugue.	
Tomasa	En cambio, aún estará como un leño la posma de Blasa.	
Juan	Escucha... debe haber alguien dispierto: me parece que oigo ruido.	230
Tomasa	Sí que lo hay, mas no es adentro. ¡Juan!, galope de caballos...	
Juan	(Acercándose a la verja.) Serán el Conde y su deudo...	
Tomasa	¡Ay Dios!, ¡tan de madrugada se nos vienen!...	
Juan	Dicho y hecho. Se paran ante la verja... Echan pie a tierra...	235
Tomasa	Abre presto.	
Juan (Abriendo.)	¡Qué guapo mozo es el uno!	
Tomasa	El otro tampoco es feo. Aquí están.	

Escena II

Flora, Juan, el conde y Don Luis.

El Conde	¡Hola!, ¿ya hay gente	240

20

levantada?

Juan	(Haciendo reverencias exageradas.) El jardinero... servidor...
El Conde	Cúbrete, amigo.
Juan	¡Yo!...
El Conde	¡Cúbrete! Hace fresco.
Juan	(Siempre haciendo cortesías.) Mas en presencia de usía...
Tomasa	¡Obedece, hombre!
Juan	(Calándose el sombrero.) Obedezco. Ésta es mi mujer, Tomasa, y yo soy Juan.
El Conde	Lo celebro.
Tomasa	Dispongan sus señorías lo que gusten.
Juan	Los dos semos uno solo a su servicio.
El Conde	Gracias. De polvo cubiertos, cepillos y agua, buen hombre, nos vendrán bien.

245

250

Juan	Al momento. Aquí hay de todo. Nuestro amo —aunque muy poco lo vemos— 255 se ha gastado un dineral en esta finca. Paseos, jardines, fuentes, y...
(A Flora.)	Dime, ¿cómo llama a los muñecos de piedra?
Tomasa	Estatuas.
Juan (Al conde.)	Y estuatuas 260 de todo hay.
El Conde	Sí, ya estoy viendo parte de aquesos primores en este vergel ameno.
Tomasa	Si gustan de entrar...
El Conde	La aurora se ostenta alegre; el arreglo 265 dispón de cuartos y baños, que el aviso esperaremos aquí.
Tomasa	Todo por mí misma va a ser al punto dispuesto.
(Saluda y se va.)	
Juan	Si me dan su permisión, 270 también con ella me ausento.

El Conde	Ve con Dios.
Juan	(Repitiendo sus cortesías.) Él guarde a usía... y al otro usía... Sus pies beso.

Escena III

El Conde y Don Luis.
(El primero se acerca al segundo, que está apoyado en un banco del jardín, con aire pensativo.)

El Conde	¡Alza esa frente!, ¡alegría!	
	¿Qué es lo que así te entristece,	275
	cuando sereno amanece	
	de tu boda el fausto día?	
Don Luis	En silencio me despido	
	de la dulce libertad.	
El Conde	Por servir a una deidad	280
	tan bella cual es Cupido,	
	se renuncia sin dolor	
	a esa libertad... tan sosa.	
Don Luis	Mas dejarla es triste cosa	
	cuando no se siente amor.	285
El Conde	Ya vendrá; que no es Inés	
	dama de mérito escaso.	
Don Luis	El hecho es que yo me caso	
	cuando cumplo veinte y tres	
	años, y ella en los cuarenta	290

está frisando.

El Conde   No hay tal.
Treinta y seis tiene.

Don Luis   (Paseándose agitado.)
Es igual;
en fin, no ajusto la cuenta
de la edad de mi futura;
pues la boda a usted le agrada   295
y la tiene concertada,
se hará.

El Conde   ¡Luis!, por tu ventura
es todo el anhelo mío;
consejos mi amor te dio,
mas nunca pretendí, no,   300
forzar tu libre albedrío.
Si a cabo este enlace llevo,
es porque tú has consentido.

Don Luis   Al que por padre he tenido,
en todo complacer debo.   305

El Conde   Tu madre, mi buena hermana,
al pasar a mejor vida
me fió la prenda querida
de su ternura, y me afana
miedo pueril de que sea   310
mi destino contagioso,
y nunca padre ni esposo
feliz y honrado te vea.
Esto explica el ansia mía
por darte familia, hogar...   315

No quiero verte llegar
solitario a vejez fría;
pues sé —por propia experiencia—
que en maduro solterón
no hay gozoso corazón,   320
ni acaso pura conciencia.

Don Luis   Y ¿solo en Inés pudiera
hallar yo esposa? ¿Se funda
en que ella dé la coyunda,
mi felicidad primera?   325

El Conde   Sabes la estrecha amistad
que con su padre me unía...
Luego, a Inés no conocía,
y hasta ignoraba su edad.
Por recato, o por capricho,   330
nunca a Madrid quiso ir;
parece que ama el vivir
solitaria.

Don Luis   Me lo han dicho.
En Valencia, en donde mora
por lo común, pocos son   335
los que la han visto.

El Conde   El Barón,
que —aunque dice que la adora—
casi siempre ha residido
en la corte, lejos de ella,
lloraba el verla doncella,   340
y quiso darla un marido.
Como es en todo extremoso,
aquel enlace de su hija

llegó a hacerse idea fija
en él, y —a fuer de temoso—   345
allá en su nimia conciencia
casi se forjó un deber
de no dejar en mujer
celibataria su herencia.
   Hablome de esta manía   350
más de una vez, y entendí
que yerno buscaba en mí,
aunque no me lo decía.

Don Luis   Y puesto en trance cruel,
dijo usted: «Tengo un sobrino».   355

El Conde   Pensando darle destino
brillante, muy digno de él.
   Única y noble heredera
es doña Inés, su recato
ponderaban, y un retrato   360
me mostró ser hechicera.
   Quise, pues, tan buen partido
aprovechar para ti;
sanos consejos te di,
y tú luego has decidido.   365

Don Luis   Viendo en usted tanto empeño,
tanto afán...

El Conde   Era muy justo.

Don Luis   Yo quise darle a usted gusto.

El Conde   ¡Mostrando tarde ese ceño!

Don Luis	Ya ha visto usted que obediente	370
	di a Madrid mi despedida,	
	la novia desconocida	
	corriendo a ver impaciente.	

El Conde	Sí, mas apenas llegamos	
	a Valencia y conociste	375
	a Inés, te ostentas tan triste,	
	tan sombrío...	

Don Luis	¡Ah! Pues tocamos	
	ese punto, ¿no es bastante	
	que —escuchando cuanto escucho—	
	los enojos con que lucho	380
	solo revele el semblante?	
	Bien sabe usted que la dama	
	cede del padre al tesón;	
	que muy alto su aversión	
	por este enlace proclama;	385
	y casarme sin amor	
	con quien me muestra desvío.	

El Conde	Te adorará, yo lo fío,	
	al conocerte mejor.	
	No es posible anhelo amante	390
	en los que apenas se han visto.	

Don Luis	Lo que es yo, si un siglo existo,	
	y la veo a cada instante,	
	de no amarla estoy seguro.	

| El Conde | ¡Bah!, pensara quien te oyera | 395 |
| | que vas a unirte a una fiera. | |

Don Luis	No he dicho...
El Conde	Pues yo te juro.
Don Luis	(Interrumpiéndole con viveza.) No hablemos más; ¡por merced!
El Conde	Me agrada más que otra alguna.
Don Luis	Pues teniendo esa fortuna, 400 ¿por qué no se casa usted?
El Conde	¿Yo?
Don Luis	Sí, señor.
El Conde	¡Qué locura!
Don Luis	¿Locura?
El Conde	Delito fuera que yo pensara siquiera...
Don Luis	Labrara usted su ventura, 405 y yo no alcanzo el porqué fuera delito.
El Conde	Yo sí.
Don Luis	¿Piensa usted...?
El Conde	(Poniéndose una mano sobre el corazón.) Siento que aquí no hay ya entusiasmo ni fe.

Al placer por tiempo largo 410
vendí mi alma enardecida,
y hoy la copa de mi vida
solo guarda el dejo amargo.
    En ti tengo un heredero,
que es cuanto puedo anhelar; 415
¿para qué me he de casar,
si dicha ni amor no espero?

Don Luis   (Con ironía.)
        Lo que es yo, la aguardo inmensa;
no habrá otra que se le iguale.
¡Oh! sobre todo, si sale 420
verdad lo que el vulgo piensa.

El Conde   ¿El vulgo?

Don Luis   De él ha nacido,
sin duda cierto rumor...

El Conde   ¿Rumor dices?

Don Luis   Sí, señor.
¡Qué!, ¿no ha llegado a su oído? 425

El Conde   Explícate; no sé nada.

Don Luis   Pues ¡bien circula el tal cuento!

El Conde   ¿De tu novia en detrimento?...

Don Luis   No es por nadie vulnerada
        su virtud.

El Conde	Pues ¿qué se dice?	430

Don Luis   Que si el Barón adolece
de extravagancia, aun parece
ser la hija más infelice.

El Conde   No comprendo.

Don Luis   Se asegura...

(Acercándose al conde.)

                     Muy bajito lo diré.   435

El Conde   ¿Qué se asegura? ¡Di! ¿Qué?

Don Luis   Que está loca mi futura.

El Conde   ¡Loca, Inés!

Don Luis   Será mentira,
mas harto cunde en Valencia.

El Conde   ¿Es posible?

Don Luis   En mi presencia   440
se ha dicho.

El Conde   Mucho me admira
que hasta hoy me lo hayas callado.

Don Luis   Estando ya en compromiso
tan grave como usted quiso,
¿qué hubiera, Conde, ganado   445

con decirlo?

El Conde   (Con viveza.)
                  Ante el altar
                  que estuvieras, no era tarde.

Don Luis   (Con hipocresía.)
                  Yo no acojo, ¡Dios me guarde!,
                  una calumnia.

El Conde   Observar,
                  —aunque la tal voz no creo   450
                  por ella ya prevenido,
                  a Inés hubiera podido.

Don Luis   (Con ironía.)
                  Pues hoy me impone himeneo
                    su yugo, tiempo sobrado
                  para saber la verdad   455
                  de si es loca mi mitad,
                  tendré después de casado.

El Conde   ¡Silencio!, que aquí está el tonto
                  del jardinero.

Escena IV
El Conde, Don Luis y Juan.

Juan   (Haciendo reverencias.)
                  Usirías...

El Conde   (Con mal humor.)
                       Ya basta de cortesías.   460

Juan	Vengo a decir que está pronto todo: cuartos, camas, baños... si gustan...
El Conde	(A Don Luis.) Vamos adentro.
Don Luis	Perfectamente me encuentro; no estoy cansado.
El Conde	A tus años 465 tampoco yo lo estaría.
Don Luis	Aquí, entre flores, prefiero gozar del albor primero que esparce el naciente día.
El Conde	Pues hasta luego.
Don Luis	En buen hora. 470
El Conde	Contando ya doble veinte, solo en mi lecho caliente amo el frescor de la aurora.
Don Luis	Aún no es tarde para el sueño.
Juan	(Señalando al conde la entrada de la casa.) Por aquí.
El Conde	Marcha delante. 475
Juan	¿Yo? ¡No, pardiez!, muerto antes.

El Conde	Debes guiarme.	
Juan	Vano empeño; no soy tan palurdo yo.	
El Conde	Si no conozco la casa...	
Juan	Pero el siervo nunca pasa antes que el amo.	480
El Conde	Sí...	
Juan (Con fuerza.)	¡No!, ¡no paso!	
El Conde	(Impaciente.) Pero...	
Juan	No hay peros... corteses semos aquí.	
El Conde (Entrando.)	¡Que el diablo te lleve!	
Juan	(Siguiendo al conde.) ¡Ansí! Siempre el primero, primero.	485

Escena V

Don Luis y después Flora.

Don Luis   Pues señor, si ello ha de ser,
vale más que aquí se pase
el mal trago; que me case
do pocos lo puedan ver.

Le agradezco a mi futura   490
pusiese por condición
que en aquesta posesión
se inaugure mi ventura.

(Se sienta en el banco de la derecha.)

                    ¡Mi ventura!... ¡Oh Dios!... ¡Paciencia!
                    ¿Hay bien, hay dicha en el mundo?   495
                    ¡Todo es amargo e inmundo
                    en esta infausta existencia!

Flora   (Cantando dentro de la glorieta.)
                    Bella es la vida,
                    bella es la flor,
                    pues de ambas cuida   500
                    su excelso autor.
                    Mas es preciso
                    que haya en las dos
                    —pues Dios lo quiso,
                    sin duda alguna   505
                    lo quiso Dios—,
                    perfume en la una,
                    y en la otra amor.
                    ¡Lo quiso Dios!
                    ¡Lo quiso Dios!   510

Don Luis   (Levantándose.)
                    Cielos, ¿qué voz peregrina
                    responde a mi pensamiento?...
                    ¿Es de un querube ese acento?

(Flora aparece en el jardín, saliendo de la glorieta, con traje caprichoso y pin-
toresco, y sin reparar en Don Luis, acaricia y habla a las flores.)

	¡Ah! ¡Qué aparición divina!	
Flora	¿Por qué, violeta, por qué te escondes,	515
	visible solo del aire vago,	
	cuando a buscarte con dulce halago,	
	al par venimos el alba y yo?	
	Ella te ofrece sus ricas perlas,	
	y yo por trono mi pecho amante,	520
	do viento, lluvia, o insecto errante,	
	no podrán nunca dañarte, no.	
	¡Ven a mí!	
(La arranca.)	¡Frágil —cual tú— y modesta,	
	también yo tengo secreto asilo,	
	en donde pueda latir tranquilo	525
	y alegre siempre mi corazón!	
	Sobre él descansa, y en torno cunda	
	tu hálito puro, que el aura bebe,	
	y ella en sus alas al par se lleve	
	de aquestos besos el dulce son.	530
(La besa.)		
Don Luis (Aparte.)	(¡Qué voz! ¡Qué gracia! ¡Imposible	
	imaginar cosa igual!	
	¡Éste es un ser ideal!	
	¡Tiene un encanto indecible!)	
Flora	¡Rosa!	
	¡qué orgullosa!	535
	¡qué guardada estás!	
	¡Finas	
	tus espinas,	
	me han herido ya!	

Si porque eres bella   540
te muestras tan vana,
yo —siendo tu hermana—
soberbia no soy;
y es, más que tú, fresca
mi boca riente,   545
que la vi en la fuente
de los sauces hoy.
  ¡Cede!.
que así puede
te perdone yo,   550
  hora
que la aurora
nos ríe a las dos.

(Coge una rosa.)

Don Luis (Aparte.)   (Yo saldré de este jardín
pagano, creyendo en Flora,   555
y en las Ninfas, y en la Aurora,
y en todo el Olimpo, en fin.)

Flora   ¡Oh, blanca azucena!, no esperes
del Sol la caricia traidora;
¡te deja marchita, inodora,   560
y él sigue su marcha triunfal!
Mas es —como el alba— apacible
y suave mi amor, que te llama;
tu aroma en mi seno derrama,
que es puro, cual tú, y virginal.   565

(Se adelanta al proscenio con las flores en la mano.)

Don Luis (Aparte.)   (¡Se adelanta! ¡Viene aquí!

Temblor el gozo me da.)

Flora   (Sin ver a Don Luis.)
Violeta, rosa, azucena,
juntitas habéis de estar;
que forman bello conjunto   570
candor, modestia y beldad.

Don Luis   (Acercándose a ella.)
Solo en ti tantos hechizos
se hallan, ¡mujer celestial!

(Flora da un grito y huye por la izquierda, dejando caer las flores.)

¡Tente! si no eres del alba
una emanación fugaz...   575
¡Despareció!... ¿Será un sueño
todo esto?... No, que aquí están
sus flores.
(Las recoge.)   ¡Flores preciosas,
que vi a sus labios tocar,
y que imitan la frescura   580
de aquella angélica faz!

(Las besa también.)

Flora   (Que aparece otra vez por el fondo, recatándose.)
¡Ay, qué susto!... ¿Se habrá ido?...
No, por cierto. ¿Quién será?
Sin ser vista quiero verle,
de estos rosales detrás.   585

(Se coloca detrás de un grupo de rosales, y asoma la cabeza por entre su
florido ramaje.)

Don Luis	¡Rosa, azucena, violeta!
	no me dejaréis jamás.

(Vuelve a besarlas.)

Flora	¡Besa mis flores!... ¡nos ama!	
	siendo así, no temo ya.	
Don Luis	En mi pecho os deposito.	590
Flora	¡Qué bueno es y qué galán	
	¡Violeta, azucena, rosa,	
	una compañera os va!	

(Se quita del cabello una hermosa flor de lis y se la arroja a Don Luis.)

Don Luis	¡Cielos!... ¡esta flor!... ¡es de ella!	
(La coge.)	¡La vi en ella! ¿Dónde estás	595
	tú, que el alma me has robado,	
	ángel, sílfide o mortal?	
Flora	Te escucho.	
Don Luis	¡Ah! ¡Sí: ya te veo!	
	¿Quién eres? di, ¡por piedad!	
Flora	Soy Flora.	
Don Luis	(Sorprendido.)	
	¡Flora!	
Flora	Y te amo.	600

| Don Luis | (Con asombro.) |
| | ¿Me amas? |

Flora	¿Pues no te he de amar,
	si miro cuánto nos quieres
	y qué de besos nos das?

| Don Luis | ¿A quién? |

Flora	¿Qué duda? A nosotras.
	¿De tu cariño en señal, 605
	no nos guardas en tu seno
	con tan solícito afán?

| Don Luis | Pero... ¿eres mujer... o flor?... |

Flora	Mujer y flor, ¿no es igual?
	Mujer me dicen que soy, 610
	y yo siento sin cesar
	que soy flor.

(Acercándose a los rosales, entre los cuales permanece Flora.)

Don Luis	Flor de los cielos,
	pues no eres tú terrenal,
	y hermosura que te iguale
	nunca en el mundo verás. 615

Flora	Te veo a ti, que me asombras.
	Jamás llegué a imaginar
	que un hombre hubiese en la tierra
	tan diferente de Juan,
	Pedro, Pablo, Diego, Antonio, 620
	Benito, Ignacio y Tomás,

que son los que he conocido.
Cuando en el puro cristal
me miraba de las fuentes,
cual piensas, llegué a pensar   625
que era yo lo más hermoso
del mundo; pero ¡no hay tal!
¿Ves cómo es bella en Oriente
la luz que creciendo va?
¡Pues resplandecen tus ojos   630
con más grata claridad!
¿Ves cuán lindas son las flores,
de la vista dulce imán?
Pues tú más que ellas me agradas...
¡Sí!, ¡más que ellas!... ¡mucho más!   635

Don Luis   ¡Ah, pues deja que a tus pies!...

(Ella desaparece entre las flores, al caer Don Luis a sus plantas.)

¡Flora!... ¡Flora!... ¡voto a...!
¡Volvió a escaparse!... ¡no hay duda!...
pero ¿adónde? ¿adónde irás,
que yo no te encuentre, seas   640
flor, mujer, duende o deidad?

(Va a salir y se encuentra con Juan.)

Escena VI
Don Luis y Juan.

Juan   Pues usía no se acuesta,
se puede desayunar
si quiere: no ha de faltar
con qué: Tomasa es dispuesta.   645

Don Luis	¡Buen hombre, dime!, ¡por Dios!, ¿qué mujer habita aquí?
Juan	Ella; Tomasa.
Don Luis	No.
Juan	¡Sí! Aquí habitamos los dos.

Don Luis   Pero habrá en las cercanías   650
              dama que aquí tenga entrada.

Juan   Ramona —la jorobada
              venir suele algunos días
                del Cabañal, y la Bruna,
              que es agüela de la Blasa   655
              que sirve ha tiempo en la casa.

Don Luis   Y ¿qué otra?

Juan   ¿Qué otra?... nenguna.

Don Luis   Pues si hace solo un instante
              que en este sitio otra he visto,
              y estoy loco.

Juan   ¡Jesucristo!   660
              ¡Loco!

Don Luis   Sí, Juan, delirante.
                De entre esas flores brotó
              la aparición seductora...

Juan	¿De entre esas flores?
Don Luis	Y Flora el nombre fue que se dio. 665
Juan	¡Ah!
Don Luis	¿La conoces?
Juan (Con misterio.)	Es ella.
Don Luis	¿Quién es ella?
Juan	Flora.
Don Luis	¡Juan! no te burles de mi afán. ¿Quién es?
Juan	Es... una doncella.
Don Luis	Sin duda noble ha nacido. 670
Juan	¡Chist!... no hablar de nacimiento.

(Mirando con recelo alrededor.)

Don Luis	¿Por qué razón?
Juan	Yo no miento, y Tomasa ha prohebido que se diga la verdad.

Don Luis	¿La verdad?
Juan	Como es la cosa 675 tan rara y tan milagrosa... ¡no quiero hablar!...
Don Luis	¡Por piedad!
Juan	Tiene un genio mi mujer ¡más malo, más vengativo!, ansí como esclavo vivo. 680
Don Luis	Pero, ¿qué puedes temer por decirme?
Juan	¡Chist!, parece que oigo pasos.
Don Luis	No, no es nada.
Juan	Si atisbara recatada Tomasa... ¡ay, Dios!, me estremece 685 esa duda.
Don Luis	Nadie escucha; hablar puedes sin temor.
Juan	Voy a hablar, pues, sí señor pero es imprudencia mucha; porque si Tomasa llega 690 a saber que se lo he dicho ¡es mi mujer muy mal bicho! Cuando se atufa, me pega.

Don Luis	(Impaciente.) No temas, no.
Juan	Pues decía que en cuanto a lo de nacer, 695 no le puedo responder ni bueno ni malo a usía. Flora, hablando sin primores, ¿quién puede decir nació?
Don Luis	¿Pues no lo sabes tú?
Juan	No. 700
Don Luis	¿No tiene madre?
Juan	Las flores.
Don Luis	¿Las flores?
Juan	¡Pues! yo me fundo: téngalo por cosa fija; si de las flores no es hija, sin padres vino a este mundo. 705
Don Luis	¡Explícate, hombre!
Juan	Sí haré, contando con el secreto.
Don Luis	Perdurable lo prometo.
Juan	Y ¿no oye naide?

Don Luis	No, a fe.	
Juan	Digo, pues que el mes pasado	710
	dieciséis años cumplieron...	
	¿dieciséis?... ¡justos!... me dieron	
	la plaza recién casado.	
	Supongo que ya sabrá	
	que a cierto marqués servía	715
	por entonces.	
Don Luis	No sabía...	
Juan	Pues yo se lo advierto ya.	
	En Castellón jardinero	
	era del dicho marqués,	
	pero cuatro años dempués	720
	de casado, un heredero,	
	como dicen, no lograba,	
	porque es Tomasa estéril.	
Don Luis	¡Hombre! ¡Abrevia, por dos mil	
	santos!	
Juan	Yo a ellos les rogaba	725
	que me alcanzasen consuelo,	
	pues di en andar caviloso	
	por aquello, y vergoñoso,	
	siempre entre murria y desvelo.	
Don Luis	¡Adelante!	
Juan	Pues señor,	730
	el día último de mayo,	
	cuando apenas via un rayo	

	de luz, al primer albor	
	del alba, me levanté	
	tan triste como solía...	735
	Mi mujer largo dormía,	
	mas yo siempre madrugué.	

Don Luis   ¡Prosigue!

Juan   Mi regadera
tomo en la mano, y me voy
—tal parece que fue hoy—   740
a mi obligación primera.
    Pero explicar no sabré
cuál fue mi gozo, mi encanto,
cuando encontré, cielo santo,
lo que anhelaba...

Don Luis   ¿Qué?

Juan   ¡Qué!   745
    Allá en mi propio jardín
—que durmió muy bien cerrado
entre flores rebujado
al más lindo serafín.

Don Luis   ¿A Flora?

Juan   Se sonreía   750
sintiéndose en su elemento
como quien dice. Al momento
la tomé en brazos; creía
    casi casi estar demente;
pero el caso es que pensando   755
en el cómo y en el cuándo

la pusieron, de repente
descubro, señor don Luis,
que tiene la criatura,
en tal parte, la figura   760

(Señalándose un hombro.)

de una hermosa flor de lis.

Don Luis   ¡Qué escucho!

Juan   Cual la produce
la planta que allí ve usía.
Con esto, ¿quién dudaría?...
Bien la verdad se diduce;   765
y ansí Tomasa bien hizo,
lo dije entonces y ahora,
en que con nombre de Flora
la trujesen del bautizo.
Yo en el prencipio pensaba   770
que era un ángel solamente,
que Dios, oyendo clemente
mis súplicas, me enviaba;
pero observando mejor
muy claro he visto dempués,   775
que no hay duda, que ella es
revuelta de ángel y flor.

Don Luis   ¡Relato extraño!

Juan   Al mirar
mi duelo por no haber hijo,
Dios a las flores les dijo: 780
«Os toca a vosotras dar,

47

                    pues tanto siempre os amó
                    y hoy le veis tan pesaroso,
                    en un fruto milagroso
                    el bien que a mí me pidió.»   785

Don Luis   Conque, Flora... ¡qué misterio!

(Haciendo ademán de indicar la corta estatura de la niña.)

Juan   Tamañita ansí, sabía
                    que de flores procedía:
                    ¡no, no hay aquí gatuperio!

Don Luis   Pero las flores

Juan   No dude.   790
                    Sus madres son, sin falencia.

Don Luis   El pensar eso es demencia.

Juan   No hará que de opinión mude;
                    lo que pienso pensaré.

Don Luis   Cuanto te escucho me asombra.   795

Juan   Ella, cuando a ellas las nombra,
                    dice nosotras.

Don Luis   Lo sé.

Juan   De muy pequeña dormía
                    como en regazo materno
                    en el jardín, y en invierno   800
                    cuando él sus galas perdía

quedaba ella sin colores,
mustia, blanca, cual marfil;
pero en llegando el abril
retoñaba con las flores.   805

Don Luis   ¡La historia es extraordinaria!

Juan   Aquí, como en Castellón,
las flores su mundo son;
porque vive solitaria.

Don Luis   Pero...

Juan   Es cosa lo que existe   810
entre ellas tal, que enfermó
Flora una vez, y quedó
todo el jardín mustio y triste.

Don Luis   ¿Es posible?

Juan   ¡Juan no miente!

Don Luis   ¡Qué pasmosa simpatía!   815

Juan   Pasé un día y otro día
sin verlo, mientras doliente
se halló mi niña...

Don Luis   (Sonriendo.)
¡Ya!

Juan   Luego
la obligación recordé,
y fui al jardín; mas no hallé   820

	flores a las que dar riego.
Don Luis	No lo dudo.
Juan	¡Digo! Y ¿sabe por qué cobró la salú la niña?
Don Luis	No.
Juan	Por virtú de sus madres: fue muy grave 825 su enfermedá, muy tirana; mas todo al punto cesó cuando el médico mandó de flores una tisana.
Don Luis	¿Y jamás has sospechado 830 que otra madre pueda haber?
Juan	¿Cómo? ¿otra madre mujer? Es pensar en lo excusado. Naide me quita la idea... Pero ¡silencio!, oigo ruido. 835
Tomasa (Dentro.)	¡Juan!
Juan	¡Es Tomasa!
Tomasa	¡Marido!

Escena VII
Don Luis, Juan y Flora.
(Flora sale apresurada.)

Tomasa	¿Estás sordo?... En la azotea he visto venir corriendo un coche.
Juan	Serán los amos, sin duda.
Tomasa	¡Pues corre! Vamos a recibirlos.

840

(Juan hace señas a Don Luis de que no olvide el secreto.)

Don Luis	Te entiendo.

Escena VIII
Don Luis.

Don Luis	¡Éste es un mundo de encantos! Que estoy soñando imagino. ¿Quién es el ser peregrino que envuelve prodigios tantos?... Misterioso nacimiento, con una flor en el hombro!... De cuanto escucho me asombro... pero aún más de lo que siento.

845

(Besando la flor de lis que le dio Flora.)

¡Tú, que en su tez blanca y lisa
tan raro sello has impreso,
recibe este ardiente beso,
y sé desde hoy mi divisa!

850

51

(La pone en su ojal.)

Escena IX

Don Luis, el Barón, Doña Inés, Beatriz, Flora, Juan y criados.
(Los criados que los siguen, entran en la casa conduciendo maletas y comestibles.)

Tomasa	Bien venidos a su casa hoy, nuestros amos queridos.	855
Juan	Que sean muy bien venidos, como lo dice Tomasa.	
El Barón (Lo abraza.)	Gracias, gracias. ¡Eh!, los brazos, mi amado Luis. ¿No creías que tan temprano tendrías aquí a tu novia? Los plazos quiero abreviar; me impaciento por darte pronto de hijo el dulce nombre.	860
Juan (Bajo a Flora.)	¿Qué dijo?	
Tomasa (Lo mismo.)	¡Ay, Juan!, ¡que habrá casamiento!	865
Don Luis	(Acercándosele.) Amable Inés...	
Doña Inés	(Sin mirarle.) Buenos días, señor don Luis.	
El Barón	Esta noche	

vendrá el vicario en mi coche.
Hija, ¿por qué te desvías?

Doña Inés   Estoy cansada.

(Se sienta y queda pensativa.)

El Barón   (A Don Luis.)
                   Como es   870
                   el buen vicario mi amigo,
                   sin rogar mucho, consigo
                   que él mismo te una a tu Inés.
                       Todo lo tiene arreglado.

Don Luis   (Suspirando.)
                   Lo agradezco.

Tomasa (A Juan.)   Aquí es la boda.   875

El Barón   Se me alegra el alma toda;
                   el gozo me ha remozado.

Don Luis   También yo...
(Aparte.)   (No sé mentir.)

El Barón   ¡Feliz instante! Mas ¿dónde
                   se nos oculta el buen conde   880
                   de Mondragón?

Don Luis   Fue a dormir
                   un rato.

El Barón   ¡Qué!, ¿dormir hoy?

Don Luis	Siempre descansa hasta tarde,
	y hoy madrugó.

El Barón	¡Qué cobarde!	
	¡Ven!, que de la cama voy	885
	a sacarle, y... ¡voto a tal!	
	que de su sueño en castigo,	
	quiera o no quiera, le obligo	
	a que os haga un madrigal	
	epitalámico.	

Don Luis	(Con sonrisa forzada.)	
	¡Ah! sí.	890

El Barón	(Tomándole el brazo y llevándoselo.)
	Ya yo lo tengo empezado.

Don Luis	¿De veras?

El Barón	Muy delicado...
	El borrador traigo aquí.

(Entran a la casa.)

Escena X
Doña Inés, Beatriz, Flora y Juan.

Tomasa	Señorita, si está usted
	fatigada...

Beatriz	(Respondiendo por Doña Inés.)	
	Sí; te ruego	895
	que el lecho prepares luego.

Tomasa	(Con soflama.)
	¡Ah, prima!, es mucha merced
	que me hables, pues yo pensaba
	que olvidada con las glorias
	de las antiguas memorias 900
Beatriz (Con viveza.)	No, prima; nada olvidaba.
(Aparte.)	(Rabiando está por hablar
	esta necia.)
Tomasa	Yo temía.
Beatriz	(Interrumpiéndola.)
	Sin fundamento, a fe mía;
	mi amor te sabré probar 905
	más tarde
Tomasa	(Con intención.)
	¡Bien! pues me voy;
	si algo quiere doña Inés
Beatriz	Nada; adiós.
Tomasa	Hasta después.

(Se va con Juan.)

Escena XI
Doña Inés y Beatriz.

Beatriz (Aparte.)	(De miedo temblando estoy.)

(Acercándose a Doña Inés.)

¿Qué cavilas?

| Doña Inés | ¡Ay, Beatriz! | 910 |

Por instantes desfallezco.
¡Si es tanto lo que padezco!
¡Me siento tan infeliz!

Beatriz   ¿Infeliz por ser esposa
de un joven bello, elegante?   915
Hoy no le adoras amante,
mas luego será otra cosa.

Doña Inés   Si en mi juventud primera
el amor no halló cabida,
cuando declina mi vida,   920
mal abrigarlo pudiera.

Beatriz   Es verdad que no has amado,
mas por eso mismo creo
que llevando al himeneo
un corazón no gastado...   925

Doña Inés   Gasta también el pesar,

(Llevándose una mano al corazón.)

y aquí se guarda uno eterno.

Beatriz   Al lado de esposo tierno,
ya te sabrás consolar.

Doña Inés   No debo unir a otra suerte   930
mi suerte, por Dios maldita.

Beatriz	Que digas eso me irrita.
Doña Inés	¡Grata me fuera la muerte!

Beatriz	Dios no maldice jamás	
	a la inocencia; ¡es locura!	935
	¿No eres como la luz pura,	
	y lo has sido y lo serás?	

Doña Inés	Es cierto; nunca en esta alma	
	cupo delito o flaqueza;	
	mas del hado la fiereza	940
	robó por siempre su calma;	
	y solo en gran soledad	
	y en retiro religioso	
	hallar pudiera reposo,	
	ya que no felicidad.	945

Beatriz	Si era el ser monja tu anhelo,	
	y hoy te casan, ten paciencia,	
	que también en la obediencia	
	encuentra mérito el cielo.	
	Pero ¿a qué vino el rogar	950
	que la boda fuese aquí?	

Doña Inés	Lo que a mi padre pedí	
	sin escoger el lugar	
	fue que en el campo se hiciese,	
	y él luego eligió esta casa.	955

Beatriz (Aparte.)	(¡Dónde se encuentra Tomasa!)
Doña Inés	¿Te pesa?

Beatriz	No es que me pese...
	¿Por qué razón? Mas no hallaba
	motivo de preferencia.

Doña Inés	Quise salir de Valencia;	960
	nada más.	

Beatriz	Bien.

Doña Inés	Me apenaba
	ver gentes y escuchar ruido.

Beatriz	Siendo así, mejor estás	
	aquí, do a nadie verás	
	sino a tu padre y marido.	965

Doña Inés	¡No!, me engañé al presumir	
	que respirando otro ambiente,	
	pudiera el pecho doliente	
	con menos pena latir;	
	pues por instantes —¡lo siento!—	970
	su afán se aumenta más hondo,	
	y allá se agita en su fondo	
	no sé qué presentimiento...	

Beatriz	¡Vaya extrañas aprehensiones!	
	No hay quién te pueda aguantar.	975
	¡Siempre ese mismo cantar!	

Doña Inés	Por Dios, no más reprensiones.	
	Mira que padezco mucho,	
	que cuanto miro me enoja,	
	sufriendo extraña congoja,	980
	contra la que en vano lucho;	

pues la ilusión que avasalla
mis sentidos, tanto crece,
que por doquier me parece
ver brotar...

Beatriz	Se acercan; ¡calla!	985

Escena XII
Doña Inés, Beatriz, el conde, el Barón y Don Luis.

El Barón   Nada, Conde; no hay excusa:
                           forzosa es la penitencia.

El Conde   Si dicta Inés la sentencia...

El Barón   La dicta, y será la musa
                           inspiradora.

(Acercándose a Doña Inés con galantería, pero con miradas observadoras.)

El Conde   En tal caso,   990
                           que quiera o no quiera Apolo,
                           puede ascender el más bolo
                           a la cumbre del Parnaso.
(A ella.)   Y el viaje, ¿fue divertido?

Beatriz   (Viendo que, distraída, Doña Inés no contesta.)
                           No acostumbra madrugar,   995
                           y se ha debido cansar.

El Conde   (Mirando siempre a Doña Inés como observando.)
                           Cierto.

El Barón   (A Don Luis, con quien hablaba bajo.)

Sí; tenlo entendido:
no conejos; mas perdices,
cuantas quieras.

Don Luis	Las prefiero.

El Barón   ¡Y tengo yo un perdiguero!...   1000
                  ¡Oh, momentos muy felices,
                      querido Luis, nos esperan!

El Conde   (Aparte y siempre mirando a Doña Inés.)
                  (Será tal vez aprensión;
                  mas le hallo un aire...)

El Barón   (Mirando su reloj.)
                  Ya son
                  las siete y diez. Cuando quieran   1005
                      el desayuno... yo siento
                  un apetito bestial.
                      ¡Conde!, luego el madrigal;
                  ahora la mesa.

El Conde   Consiento.

(Aparte, volviendo a Doña Inés, que continúa distraída de la conversación y
con la mirada fija.)

                  ¡Qué chasco fuera!

El Barón   (A Don Luis.)
                  A Inesita   1010
                  darás el brazo.

(Toma él el del conde.)

Don Luis	(Acercándose.)
	Señora

Beatriz	(A Doña Inés.)
	Adentro vamos ahora.

Don Luis (Ofreciendo el brazo a Doña Inés, que se levanta como maquinalmente.)

Y espero que usted permita...

Doña Inés	Muchas gracias.

(Al mirar a Don Luis, retrocede espantada, lanzando un grito agudo y huye entrando en la casa.)

¡Ah!

Beatriz	¡Dios mío!

(Entra en pos de Doña Inés.)

Don Luis	¿Qué es esto?

El Conde	¡Cielos!

El Barón	Yo corro.	1015
	¡Un accidente!... ¡socorro!	

(Corre en pos de Doña Inés.)

El Conde (Aparte.)	(¡Buena la hemos hecho!)

Don Luis	¡Tío!...

Escena XIII
El Conde y Don Luis.

El Conde	Nada me digas, ¡lo veo!	
Don Luis	¿Qué le ha dado a esa mujer?	
El Conde	Es bien claro, a mi entender.	1020
Don Luis	¿Usted sospecha?...	
El Conde	No: creo,	
	creo, Luis, que era fundado	
	aquel rumor popular,	
	y que libre te has de hallar	
	de un empeño desgraciado.	1025
Don Luis	¡Ay, Conde! ¡Quiéralo el cielo!	
	¡Sálveme usted, por piedad!	
	La perdida libertad	
	ahora más que nunca anhelo.	
	Cuando me obligué a aceptar	1030
	ese enlace, a nadie amaba,	
	y a la esposa que me daba	
	pensé poder soportar;	
	mas hoy, que abriga mi pecho	
	una pasión viva, ardiente,	1035
	justo es que el lazo inclemente	
	quede por siempre deshecho.	
El Conde	¡Pardiez! ¿Qué extraño temor	
	te ha impedido el decir antes	

	todo eso? Ha pocos instantes	1040
	que aquí hablamos, y ese amor	
	no inferí ni por asomo.	
Don Luis	Es que entonces no existía	
	la pasión que al alma mía	
	subyuga, esclaviza...	
El Conde	¡Cómo!	1045
	¿No amabas hace un momento?	
Don Luis	No señor.	
El Conde	¿Te estás burlando?	
Don Luis	Se engaña usted.	
El Conde	¿Por quién, cuándo	
	nació ese amor tan violento?	
Don Luis	Nació aquí.	
El Conde	No puede ser	1050
	que haya mujer en la casa	
	que te inspirase... ¿Es Tomasa?	
Don Luis	No es Tomasa, ni es mujer.	
El Conde	(Retrocediendo.)	
	¡Luis!	
Don Luis	Enciende mis amores	
	un ser raro, indefinible,	1055
	misterioso, incomprensible...	

¡una hija, en fin, de las flores!

El Conde (Aparte.)   (¡Señor! ¿Si será epidemia?...)

Don Luis   (Con calor y vehemencia.)
                  Designar con nombre humano
                  al producto de un arcano   1060
                  me pareciera blasfemia.
                      ¡Ella es ella, y nada más!

(El Conde lo oye y lo mira asombrado.)

                  Solo esto decirse puede:
                  a todo lo bello excede;
                  no tendrá copia jamás.   1065
                      ¡Conde!, ¿ve usted este jardín?...
                  ¡Pues desde hoy es mi universo!
                  Si un hado injusto y adverso
                  me arrastrase hasta el confín
                      más remoto de la tierra,   1070
                  doquier tuviera presente
                  a los ojos de mi mente
                  la maravilla que encierra.
                      Con la impresión poderosa
                  que toda mi alma enajena,   1075
                  diera culto a la azucena,
                  me postrara ante la rosa,
                      y en un éxtasis divino
                  cayendo al ver la violeta...

El Conde   ¡Luis! ¡Luis! Tu lengua sujeta.   1080
                  ¡Jesús! ¡Cuánto desatino!

Don Luis   Le asombra a usted mi entusiasmo,

que no alcanza a comprender;
mas si usted la llega a ver,
será más grande su pasmo.   1085
Y si fija sus miradas
en aquellas lindas hojas,
que brillan frescas y rojas
sobre la nieve grabadas...

(Quitándose del ojal la flor de lis.)

               ¡Oh tío!, ostento en mi seno   1090
la flor celeste que adoro...
Ella es mi bien, mi tesoro,
la beso, de encanto lleno.

El Conde   ¡Sobrino!...

Don Luis   ¡Y si logro un día,
cual ésta, la otra besar,   1095
me viera el cielo expirar
de placer y de ufanía!

El Conde   Pero...

(En su entusiasmo, habla como si se dirigiese a la flor que tiene en la mano.)

Don Luis   Si escucho un «te amo»
segunda vez en su boca...
con tal palabra, una roca   1100
se inflamara cual me inflamo.
     ¡Oh! ¡sí! ¡pronúnciela!...

El Conde   ¡Luis!...

Don Luis	¡Y rinda yo el alma amante,	
	cuando mi labio anhelante	
	se fije en la flor de lis!	1105

(Se va presuroso y besando la flor.)

Escena XIV
El Conde y después el Barón.

El Conde	¿Qué es esto? ¡Gran Dios! ¿Qué es esto?	
	¿Obra aquí algún maleficio,	
	o habrá en la falta del juicio	
	contagio oculto y funesto?	
	Cuanto ha dicho Luis no tiene	1110
	ni apariencias de sentido	

El Barón	(Saliendo de la casa.)	
	Pasó lo de Inés; no ha sido	
	nada; un espasmo. Proviene	
	todo de amor, caro Conde.	
	Ya queda muy aliviada.	1115
	Nos ruega que la excusemos,	
	y así, pues, almorzaremos	
	los tres; pero ¿a dó se esconde	
	mi yerno? Se habrá asustado.	
	¡No era el caso para menos!	1120
	Pronto los dos, más serenos,	
	depuesto todo cuidado,	
	por sí mismos la capilla	
	que hay en casa adornarán,	
	y en ella se casarán	1125
	esta noche: aunque sencilla	
	y pobre, pienso...	

El Conde	¡Barón!,
	prudente, preciso creo
	diferir este himeneo
	para mejor ocasión. 1130
El Barón	¿Qué? ¿Qué dice usted?
El Conde	(Con embarazo.)
	Padece
	Inés, también mi sobrino...
	Sí, ya lo dije; yo opino
	que no es tiempo...
El Barón	Me parece,
	Conde, que usted se chancea. 1135
	¿Fuera de sus males cura
	retardarles la ventura?
	¡Pues no era mala la idea!
El Conde	Es que yo llego a creer
	que cual las cosas están, 1140
	aun teniendo ellos afán
	de unirse, no han de poder.
El Barón	¿No han de poder?... ¿Qué razón...?
El Conde	Amigo... la hay, a mi ver.
El Barón	Pues decirla es menester. 1145
	Si puede impedir la unión,
	que ya a mi honor interesa,
	reticencias no permito,
	porque saber necesito
	la causa; ¡la causa expresa! 1150

El Conde	¿La causa?
El Barón	¡Pronto!
El Conde	Es bien triste.
El Barón	Yo misterios no tolero; saberla, saberla quiero si existe.
El Conde	Digo que existe.
El Barón	Y ¿provendrá de usted?...
El Conde	¡No!

1155

El Barón	¡Entiendo! ¡No diga más! ¡Me afrenta, se vuelve atrás
Don Luis	Don Luis!... ¿Y sufriré yo?...

El Conde   Toda queja es infundada.
Ni yo de ofenderle trato,   1160
ni el enlace desbarato,
ni Luis es culpable en nada.
 Quien destruye a su placer
los proyectos de los dos,
quéjese usted de él, ¡es Dios!   1165

El Barón	¿Dios?...
El Conde	¡Quién se puede oponer!

El Barón	Mas ¿qué sucede?	
El Conde	Sucede... una desgracia increíble e inesperada.	
El Barón	¿Es posible?	
El Conde	Un obstáculo que excede a nuestras fuerzas.	1170
El Barón	¡Dios mío! pues hable usted... ¡por piedad! si lo que dice es verdad...	
El Conde	¡Ojalá no!	
El Barón	¡Yo estoy frío! ¿Conque, ocurre una desgracia?	1175
El Conde	Hay de ella indicios no pocos.	
El Barón	¿Cuál es, Conde?	
El Conde	(Al oído del Barón.) Que están locos.	
El Barón	¡Locos!...	
El Conde	¡Los dos!	
El Barón	¡Santa Engracia!	
El Conde	Ésa es la verdad cruel.	

| El Barón | ¿Locos los dos?... ¡Yo fallezco! | 1180 |

El Conde   Amigo, a usted compadezco.

El Barón   ¿Locos los dos? ¡Ella y él!...

El Conde

       Y al ver que es esta mansión
de desventuras teatro,
mucho me temo, Barón...

| El Barón | ¿Qué? | 1185 |

El Conde   Que como dos ahora son,
mañana seremos cuatro!

Acto II

La misma decoración del primer acto.

Escena I

El Conde y el Barón.
(Salen juntos de la casa.)

El Barón	¡Nada!, ¡nada!, ¡ni un indicio!
El Conde	¿Está usted cierto? ¿Ha observado?...
El Barón	Hablé con ella dos horas y la observé muy despacio.
El Conde	¿Y dice usted...?
El Barón	Digo y juro 5 que está su juicio muy sano.
El Conde	Si usted lo afirma de veras...
El Barón	Y vive Dios, que no alcanzo en qué pudo usted fundar su opinión, su anuncio infausto. 10
El Conde	No faltaban apariencias; mas, en fin, si fue un engaño, mil gracias al cielo rindo, y ojalá que también falso salga mi juicio respecto 15 del pobre Luis.
El Barón	No dudarlo.

El Conde	¡Ah!, mucho temo, Barón...
	Ya está usted viendo lo raro
	de su conducta; no bien
	llegan ustedes, y en tanto	20
	que padece su futura
	aquel singular espasmo,
	desaparece de pronto,
	y en el zénit ya miramos
	el Sol, sin que haya podido	25
	mi diligencia encontrarlo.

El Barón	Cierto; ni aun al desayuno
	asistió; mas dice Pablo
	que lo ha visto no distante
	de casa. Tal vez los campos,	30
	que son aquí tan hermosos,
	quiso admirar paseando
	por estos alrededores.

| El Conde | De nuevo en su busca salgo, |
| | y plegue a Dios que usté acierte. | 35 |

| El Barón | Sí; no hay que ser visionario. |

Escena II
El Barón.

El Barón	Si fuera cierto que Luis...
	Porque en cuanto a Inés, es claro
	que solo la asoció el Conde
	a la desgracia, pensando	40
	que yo mejor guardaría
	secreto el suceso amargo,
	si me hallaba cual él propio

afligido, interesado.
Pero se me hace muy duro   45
de digerir el fracaso
de mi yerno... Quizá sea
un trastorno momentáneo
que el mismo amor origine,
y después de estar casado   50
y tranquilo... ¡Sí! yo arrostro
por todo. Setenta y cuatro
cuento, y no quiero vivir
en mi vejez solitario,
y descender al sepulcro   55
sin ver antes que renazco
en dos o tres nietecitos,
que pidan balbuceando
mi bendición, y me llamen
«Papá grande»... ¡Sin descanso   60
me tiene ha tiempo este anhelo!
Sin cesar pienso mirarlos
tan traviesillos... tan monos...
Mimando al abuelo... ¡vamos!
¡Inés tiene treinta y seis!   65
¡No! Yo no admito retardo.
Bueno es que esté preparada
la capilla; que el vicario
vendrá sin falta esta noche,
y si no está rematado   70
Luis, bien se puede...

(Llamando.)   ¡Tomasa!
               ¡Juan! ¡Eh, Juan!

Escena III
El Barón y Juan.

Juan	¿Qué manda el amo?
El Barón	Hoy muy tarde comeremos;
	así que deje el cuidado 75
	de la cocina Tomasa...
Juan	Ya tiene en el horno el pavo,
	y sin plumas los capones,
	y sin escama el pescado...
	¡Ella todo!... Para nada 80
	le hace falta aquel pelmazo
	de cocinero, que usía
	como gran cosa nos trajo,
	y que solo mandar sabe
	y estar haciendo arrumacos 85
	a la Blasa.
El Barón	Bien; ve y dile
	a tu mujer que la mando
	que antes de nada se ocupe
	de la capilla.
Juan	Ya estamos.
El Barón	Que coja abundantes flores 90
	y las ponga en lindos jarros,
	y en los grandes candeleros
	los cirios, que están guardados
	en aquel escaparate...
Juan	Ya sé en cuál; en aquel ancho 95
	de cedro.
El Barón	¿Sin duda está

el crucifijo de mármol
en el altar?

Juan   No se mueve
                nunca de allí.

El Barón   Lo ordenado
                ve a cumplir, pues.

(Flora en este momento aparece por la glorieta.)

Juan   Sin demora.   100
                Muy contentos, muy ufanos
                nos tiene la boda a todos.

El Barón   ¿Sí?

Juan   ¡Ya se ve! Y es gallardo
                el novio, como no hay muchos.
                Lo que me tiene atontado   105
                es ver que en todo este día...

El Barón   (Interrumpiéndole.)
                ¡Vete a cumplir mi mandato!

Juan   Al momento; pero es cosa
                bien rara, a mi ver, que estando
                en día de casamiento...   110

El Barón   ¡Eh! ¿Tendremos comentarios?
                Guardar la lengua y servir.

Juan   Yo... sí... pero... pues... pensando...

El Barón (Irritado.)	¿Y quién te ha dado permiso
	para pensar, mentecato?

    115

Juan	Naide... ni yo lo hice adrede...

El Barón	¡Qué tiempos los que alcanzamos!
	¿Que hasta esto piense!...

Juan	No pienso
	Fue... que pensé sin pensarlo.

El Barón	Pues no vuelva...

Juan	¡Ca!, en mi vida.

    120

El Barón	Respetar es necesario,
	como a mí mismo, a mi yerno.

Juan	Sí, señor; así lo hago.

El Barón	Y creer que es bueno, y justo,
	y racional, y sensato,
	cuanto él diga o ejecute.

    125

Juan	Así será.

El Barón	Por lo tanto,
	aunque lo vieres andar
	pies arriba y boca abajo,
	y decir que el día es noche,
	y que el círculo es cuadrado,
	hay que afirmar que es aquello
	muy justo y digno de aplauso.

    130

Juan	Como así lo ordene usía...
El Barón	¡Lo ordeno!
Juan	Bien.
El Barón	No olvidarlo. 135 ¡Vete!
Juan	Me voy.

(Lo hace por la derecha.)

El Barón   Veré ahora
a Inés; aún está en su cuarto;
mas, pues pasó su accidente,
debe pensar en su ornato.
Me parece que es prudencia   140
decirla de un modo vago,
atenuante, la desgracia
del novio. Pudiera acaso
por su conducta ofenderse
no sabiendo... El sexo flaco   145
lo único que no perdona
es la tibieza, y pintando
lo que pasa al pobre Luis,
como un efecto tirano
de su amorosa impaciencia,   150
no le hago a su causa daño.
¡Ay, Dios!, casar a una hija,
según veo, es más trabajo
que los doce que nos cuentan
de Alcides.

(Se va por la derecha.)

Escena IV
Flora.

Flora   (Bajando al proscenio.)
                        Se fue el anciano   155
                        desconocido; en la casa
                        huéspedes hay hoy, y ¡cuántos!
                        Quizá por eso sería
                        que me mandó muy temprano
                        Tomasa a ver a la Bruna,   160
                        y hacerla no sé qué encargo.
                        Ella pensará que estoy
                        con la vieja...

(Sonriendo con malicia infantil.)

                        ¡Vaya un chasco
                        el que se lleva! No fui,
                        ni siquiera lo he pensado.   165
                        Escondida en la glorieta
                        pasé la mañana... al cabo
                        nada logro, y me fastidio...
                        ¡Cada minuto es tan largo!

(Se sienta entre las flores, y dice, después de un momento de silencio.)

                        ¡Con qué esplendor, con qué orgullo   170
                        os desplegasteis, ¡oh flores!,
                        del aura al plácido arrullo,
                        de tibia luz entre albores!
                        Después, del Sol los rigores
                        ajaron vuestra frescura,   175

y enmudeció el aura pura
que —vagando en libres giros—
con amorosos suspiros
cantaba vuestra hermosura.
   Tampoco yo vengo ahora   180
tan ufana y tan riente
como me encontró la aurora
al asomarse en Oriente.
Si aún dais corona a mi frente,
   no ya gozo al alma mía;   185
pues no sé cómo, este día
—que nuestro destino iguala—
cual a vosotras la gala,
me robó a mí la alegría.
   No acierto, flores, de dónde   190
me viene este afán primero,
ni qué objeto se me esconde,
que inútilmente aquí espero;
mas no... ¡engañaros no quiero!...
   A un hombre di esta mañana   195
la flor de lis, nuestra hermana,
y ahora se aleja el cruel...

Escena V

Flora y Don Luis.

Don Luis   (Que entra por el fondo al decir Flora el último verso.)
                  Oigo su voz... ¡Flora!

Flora (Aparte.)   (¡Es él!)

(Aparenta no verlo y juega con las flores con aire melancólico.)

Don Luis   ¡Por fin te encuentro, tirana!   200

Flora	¡Ay, flores!
Don Luis	¿Por qué suspiras?
Flora	Si en olvido nos tuvistes, del Sol sufriendo las iras, ¿por qué de hallarnos te admiras mustias al volver, y tristes?
Don Luis	Me dijo Iuan que no estabas en la quinta; que solías recorrer las cercanías; que muy tarde regresabas cuando eran buenos los días; y yo —anhelante por verte— montes, playas he corrido del calor en lo más fuerte.
Flora	(Llegándose a él.) ¿De veras?... ¡sí! que se advierte en tu rostro humedecido.

(Le enjuga la frente con las flores que tiene en la mano.)

Don Luis (Aparte.)	¡Ángel celeste!... (¡Me inspira tal respeto su candor!...)
Flora	(Viendo la flor de lis que lleva en un ojal.) ¿Conque, conservas mi flor?
Don Luis	¡Oh, sí!, en mi pecho la mira, objeto de ardiente amor.

205

210

215

220

¿No es igual a la que sella
tu tez pura, alabastrina?
¡Naturaleza, con ella,
por su creación más bella
te señaló y peregrina!   225

Flora   (Sonriendo con inocente coquetería.)
                 ¿Conque, tan hermosa soy?
                 Yo, a la verdad, lo sabía;
                 mas no con tanta alegría
                 —como al decirlo tú hoy—
                 mi corazón lo sentía.   230
                     ¿De qué sirviera a la rosa
                 su perfume penetrante
                 ni su beldad primorosa,
                 si nadie la viera hermosa,
                 ni la aspirara fragante?   235
                     Pude ver indiferente
                 mis ojos y labios rojos
                 en el cristal de una fuente;
                 pero hoy los veo en tus ojos
                 ¡Y es cosa muy diferente!   240

Don Luis   ¡Ah!, de tu Luis piedad ten,
                 pues perderá la razón
                 con tales cosas, mi bien.

Flora   ¿Luis te llamas?

Don Luis   Sí.

Flora   ¡También
                 eso más! Mi corazón   245
                     lo adivinó. Te ama tanto

porque el cielo lo dispuso,
y como sello me puso
tu nombre casi.

Don Luis	(Transportado.) ¡Qué encanto!

(Reprimiéndose.)

(Aparte.)	(¡No!, de su candor no abuso.)	250
Flora	(Acercándosele cariñosamente cuando él se desvía.) ¿Qué tienes? ¿Te has enojado?	
Don Luis	Padezco, Flora.	
Flora	¿Tú?	
Don Luis	¡Mucho!	
Flora	Mas ¿por qué?	
Don Luis	Soy desgraciado; me es contrario, injusto el hado.	
Flora	No te entiendo, aunque te escucho.	255
Don Luis	No entiendas; ¡ah!	
Flora	(Con sensibilidad.) Sin embargo, solo al eco de tu acento venir a mis ojos siento lágrimas de llanto amargo.	

Don Luis	¡Es tan grande mi tormento!	260

(Notando que llora Flora.)

Pero no llores tú, no.

Flora — Pues sí desgraciado eres,
¿cómo, ingrato, cómo quieres
no lo sea también yo?

Don Luis — ¡Oh perla de las mujeres!   265
  Si yo a tu lado viviera,
jurándote a cada instante
eterno amor, fe constante,
¿a qué monarca pudiera
tener envidia tu amante?   270

Flora —   ¿Qué dudas, pues, si es así?
Pues tú quieres y yo quiero,
sé desde hoy mi compañero,
no te separes de mí.

Don Luis — Preciso fuera primero   275
  ser tu esposo.

Flora — Selo pues.
No pienses que yo me asombre;
Tomasa a Juan da ese nombre,
¡y dulce, muy dulce que es!

Don Luis (Aparte.) — (¡Que esto escuche, y calle un hombre!   280

Flora —   Seremos inseparables.

Don Luis	¡Flora!...

Flora	Los dos gozaremos
	placeres puros y extremos;
	goces del alma inefables.

Don Luis	¡Ah! ¡Lo sé! ¡Fueran supremos!	285

Flora

    Pues ¿quién la desgracia nombra?
Juntos del monte en las faldas,
juntos del bosque a la sombra,
¡flores nos darán alfombra!
¡flores nos darán guirnaldas!   290
    Correremos, Luis querido,
cual cervatillos gemelos,
por todo el campo florido...
o cual pichones de un nido,
que al par emprenden sus vuelos.   295
    Juntos nos verá al brillar
la aurora, juntos el Sol
su ardiente rayo al lanzar,
y al sepultarse en el mar
tiñéndolo de arrebol.   300
    Juntos —sin que nos dé espanto
de la noche el rostro austero—
a cada hermoso lucero
de los que bordan su manto,
pondremos nombre hechicero.   305
    Y si te aduerme el frescor,
para arrullarte, Luis mío,
cantaré un himno de amor
que aprendí del ruiseñor
en una noche de estío.   310

                    Pero si plácida Luna
                su pálida faz ostenta,
                y allá en las aguas —que argenta—
                juega la brisa importuna,
                o suspira soñolienta,   315
                    también los dos —a la par
                rompiendo las mansas olas—
                las haremos suspirar
                y en mil círculos formar
                caprichosas aureolas;   320
                    ipues cuando ligera nado
                batiendo la blanca espuma,
                no vuela en el aire pluma
                ni pez surca el mar salado,
                que aventajarme presuma!   325

Don Luis   Cesa, Flora; me haces daño
                con cuadro tan lisonjero.

Flora   ¿Pues no lo hallas verdadero?

Don Luis   ¡Ay!, por fatalismo extraño,
                tú enciendes mi amor primero   330
                    en el propio infausto día
                en que tal vez...

Flora   ¿Qué sucede?

Don Luis   De un deber la tiranía,
                a aceptar cadena impía
                acaso obligarme puede.   335

Flora   ¿Cadena?

Don Luis	Al tender quizá
	la noche su opaco velo,
	pronuncie a la faz del cielo...
	Decirte no puedo más...
	se apaga mi voz, y un hielo 340
	por mis venas corre.
Flora	(Como recordando de pronto.)
	¡Ah! ¡Sí!
	Lo recuerdo en este instante
	El anciano hablaba aquí
	con Juan, y todo lo oí,
	porque no estaba distante. 345
	Trataron de un casamiento
	¿Era el tuyo?
Don Luis (Aparte.)	(¡Suerte cruda!)
Flora	¿Era el tuyo?
Don Luis (Aparte.)	(¡Atroz momento!)
Flora	¡Era el tuyo! ¡Sí! ¡Lo siento!
	No puede quedarme duda. 350
Don Luis	Lo has acertado, no miento.
Flora	Pues si de otra eres esposo
	¿por qué decir que soy bella,
	y por el campo afanoso
	correr buscando mi huella? 355
Don Luis	¡Porque te amo!

Flora	¡Mentiroso! ¿Me amas y hacer compañía prefieres a otra mujer?
Don Luis	¡Ah!, no ha sido elección mía; cediendo a larga porfía, 360 obligado por deber tirano...
Flora	¿Te obligan?
Don Luis	Sí. Un empeño... la opresión que ejercen con su opinión los hombres...
Flora	¡Ah! ¿Cómo así? 365 ¿Tan malos los hombres son? Pues huye de ellos... ¿qué esperas? ¡Huyamos! Cese tu afán; dejo a Tomasa y a Juan... y a mis flores...
(Conmovida.)	Las postreras 370 que bese, aquéstas serán. ¡Ven! ¡Dicen que el mundo es grande! Lejos, muy lejos iremos, y allá dichosos seremos porque no habrá quien nos mande. 375
Don Luis	Pero...
Flora	¡Corramos! ¡Volemos!
Don Luis	Escucha...

Flora	No tengo oídos.
Don Luis	Mas ¿cómo vivir los dos solos, pobres, desvalidos, por ese mundo perdidos?...

380

Flora	¡En todas partes hay Dios! No han allegado un tesoro flores que viven un día,

(Señala las del jardín.)

y ya ves que Él, que las cría,
de nácar, púrpura y oro,   385
las viste a su fantasía.
    Y oyes en tomo del nido
dos pajarillos cantar
con amoroso descuido,
aunque nada han recogido   390
que los pueda alimentar
    pero saben que la mano
que al Sol rige a su placer,
y enfrena al rudo Océano,
es la que cuida del grano   395
que mañana han menester.

Don Luis   ¡Ah!, tus acentos me encantan,
me enloquece tu ternura,
y por lograr la ventura
que me ofreces, no me espantan   400
riesgos mil, te lo asegura
    mi corazón; mas deberes
tienen los hombres honrados,

	y hay compromisos sagrados	
	que hoy impiden lo que quieres.	405

Flora	¿Lo impiden?

Don Luis	Pero me alienta	
	una esperanza, aunque triste;	
	no te digo en qué consiste,	
	mas pues ella me sustenta,	
	no olvides, Flora, que existe.	410

Flora	Nada espero, nada ya,
	sino un eterno dolor.

Don Luis	(Desprendiéndola del ojal.)
	Testigo sea esta flor.

Flora	No la invoques; ¡muerta está!

(Se la quita interrumpiéndole.)

	¡Ya ves! Consume tu amor.	415

Don Luis	Pues yo por él te aseguro,
	aquí, a presencia del cielo...

Flora	(Interrumpiéndole y señalando las flores del jardín.)	
	Y yo por ellas te juro	
	—y el Sol las queme, y el hielo,	
	si muevo un labio perjuro—	420
	que más no te he de creer,	
	si aquí no logras probarnos	
	que no hay para ti deber	
	que primero deba ser	

89

que el de acogernos y amarnos. 425

(Se va por la izquierda.)

Escena VI
Don Luis.

Don Luis ¡Flora! Seguiré tus pasos...
Mas ¿a qué? ¿Con qué designio?
justo es su enojo... ¿Qué puedo
decirla, ni a qué me obligo?
De si es o no loca Inés 430
hoy depende mi destino...
Solo una causa cual ésa
romper puede un compromiso
tan grave. ¡Si Dios se digna!...
¡Oh!, mí deseo es impío; 435
mas no alcanzo otro recurso.
Ver, indagar, es preciso.

(En ademán de dejar la escena.)

Si la vista no me engaña
la trae el cielo a este sitio.

Escena VII
Doña Inés, Don Luis y Beatriz.

Doña Inés (A Beatriz, al salir.)
Tal vez me libre el Señor 440
por ese medio imprevisto.

Beatriz ¡Calla! Está aquí.

Doña Inés	Lo celebro.
	Saber lo que hay determino.
Don Luis	(Aparte y observando a Doña Inés con disimulo.)
	(Ansío y temo el hablarla.
	¡Si la hallo cuerda, me abismo!) 445
Doña Inés	(A Beatriz, mirando a hurtadillas a Don Luis.)
	¡Si lo hallo loco, me salvo!
Beatriz	¡Háblale, pues!
Don Luis (Aparte.)	(¡Me decido!)

(Doña Inés y Don Luis, que se han observado a hurtadillas, se acercan de pronto el uno al otro, diciendo al mismo tiempo la palabra siguiente.)

Don Luis y Doña Inés	Quisiera...
Don Luis	Prosiga usted,
	señora.
Doña Inés	No; le suplico 450
	que hable usted...
Don Luis	Solo quería,
	por el placer que recibo
	en ello, escuchar su acento...
Doña Inés	También yo gozo infinito
	oyendo al señor don Luis. 455
Don Luis	De tal dicha no soy digno.

Doña Inés	Estando ya tan cercano
	el instante decisivo
	que enlazar debe por siempre
	con el de usted mi destino,
	justo es que hablemos los dos
	con franqueza, sin testigos
	importunos.

460

Don Luis	Yo lo anhelo.
(Aparte.)	(Apenas tengo resquicios
	de esperanza.)

Doña Inés	Si usted gusta...

465

(Invitándole a sentarse, y haciéndolo ella.)

Don Luis	Con placer y agradecido.

(Se sienta.)

(Beatriz se aleja un poco. Doña Inés y Don Luis se observan mutuamente, esperando cada uno de ellos que hable el otro.)

Beatriz (Aparte.)	(¡Si yo pudiera a Tomasa
	ver entretanto!)

Doña Inés (Aparte.)	(Principio,
	pues él calla, daré yo
	a la plática en que cifro
	mi esperanza.)

470

Don Luis (Aparte.)	(¡Está turbada!...
	A echar la sonda me animo.)

Doña Inés y Don Luis	(A un tiempo.) Conque...

(Se detienen ambos.)

Doña Inés	¡Vamos! Diga usted.

Don Luis	Parece que convenimos el momento de empezar siempre a la vez.	475

Doña Inés	Yo retiro mi palabra; a usted le toca comenzar, claro y explícito, este coloquio importante.

Don Luis	Con deferencia me eximo; pues saber lo que usted quiere, lo que espera, es cuanto ansío.	480

(Como desesperanzada al oír a su interlocutor hablar razonablemente.)

Doña Inés	¡Ah, don Luis!, no espero nada. Suerte infausta me ha cabido.

Don Luis (Aparte.)	(Cobro ánimo.) ¿Con que juzga usted que tiene mal signo?	485

Doña Inés	Sí, muy malo; no hay quien pueda quejarse con más motivo del rigor, de la injusticia...

Beatriz	(Acercándose presurosa.)
	Querida Inés, te convido	490
	a dar un corto paseo;
	ya ves, el tiempo es magnífico.

Don Luis (Aparte.) (Bueno. La nodriza teme
dejarla hablar.)

Doña Inés No te impido
que vayas a espaciarte; 495
antes, más bien, te lo exijo.

Don Luis Sí, corra usted.

Beatriz Pero...

Doña Inés ¡Vete!

Beatriz Pues lo ordenas, no replico.

(Se aleja sin desaparecer de la escena.)

(Aparte.) (¡Dios ponga freno en su boca!)

Don Luis ¿Conque, acusa usted de impíos 500
a sus hados?

Doña Inés Y tampoco
juzgará usted que propicios
son los suyos.

Don Luis ¿Yo? La causa
no alcanzo; mas ya imagino
cuál es la que encuentra usted: 505

saber que no soy querido
por quien su mano me otorga
que, antes bien, horror la inspiro.

Doña Inés   ¿Lo piensa usté así?

Don Luis   ¡Lo veo!
                 Aquel espanto, aquel grito   510
                 que hoy —al brindarle mi brazo
                 me mostró todo el desvío
                 que siente por mí...

Doña Inés   No acierta
                 usted: mi espanto provino
                 de un objeto que...

Beatriz   (Acercándose nuevamente con prisa y con inquietud.)
                 Inesita,   515
                 suele el aire ser nocivo
                 a personas delicadas;
                 yo te ruego...

Doña Inés   (Indignada.)
                 Y yo te intimo
                 que a interrumpirme no vuelvas.

Don Luis (Aparte.) (¡Es loca! ¡Sí! ¡Ya respiro!   520
                 Si un incidente casual
                 motivó lo que he creído
                 fuera horror a mi persona...)

Doña Inés   Que se engañó le repito.
                 De otro punto hablar debemos   525
                 más importante, y le pido

	me oiga un momento.	
Don Luis	Ya escucho...	
Doña Inés	Confieso que no concibo	
	que en un negocio tan grave	
	como es casarse, sumiso	530
	al gusto de otro, se plegue	
	usted, y acepte unos grillos	
	que harto le deben pesar.	
Don Luis (Aparte.)	(¡Malo!... ¡Encuentro raciocinio!)	
Doña Inés	Usted jamás podrá amarme,	535
	y por respetos mezquinos	
	torciendo su inclinación,	
	se ha prestado a un sacrificio.	
Don Luis	¡Sacrificio!... ¡Qué palabra	
	tan fuerte!	
Doña Inés	La ratifico.	540
	No use usted de miramientos,	
	que hoy fueran intempestivos.	
	Tanto le oprime y trastorna	
	aquel enlace maldito	
	que le imponen, violentando,	545
	señor don Luis, su albedrío,	
	que el Barón llegó a creer	
Don Luis	¿Qué?	
Doña Inés	¿Qué? Me pesa decirlo.	
	Que estaba usted loco.	

| Don Luis | (Levantándose con asombro.) |
| | ¡Yo! |

Doña Inés	Y confieso mi delito;	550
	de nuestro yugo cercano	
	de tal modo me horrorizo,	
	que fundé triste esperanza	
	en hallarle a usted sin juicio.	

Don Luis	¡Cosa más rara!... Señora,	555
	éste es un hecho inaudito...	
	porque... —lo veo— tampoco	
	es loca usted...	

| Doña Inés | (Levantándose con asombro también.) |
| | ¡Cómo! |

Don Luis	Digo	
	que igual ha sido el engaño	
	y el crimen; pues yo he creído	560
	que su razón no era sana,	
	y —por horrible egoísmo—	
	mi libertad fundé en ello	
	con odioso regocijo.	

Doña Inés	¡La coincidencia es extraña!	565
	Mas, en fin, lo positivo	
	es que nos casan, si modo	
	no encuentra usted de impedirlo.	

| Don Luis | Eso a usted le corresponde. | |

| Doña Inés | ¡A mí!... Mi sexo es muy tímido; | 570 |

pero no es justo que a un hombre
se le trate como a un niño,
y de su suerte futura
otro disponga a su arbitrio.

Don Luis

Ni hay razón para que usted, 575
con su edad, con su atractivo,
pudiendo a gusto escogerlo
se deje dar un marido.

Doña Inés

Caballero, tengo un padre.

Don Luis

Señorita, tengo un tío. 580

Doña Inés

Mas, pues yo para que rompa
hoy le estimulo, le aguijo

Don Luis

Hacerlo fuera un ultraje
a su decoro, que estimo
en mucho; fuera prestar 585
pretexto al vulgo maligno
para suponer patrañas
que manchasen su honor limpio.
Usted sí que romper puede
sin desdoro, sin peligro; 590
pues a los fueros de dama
todo le está permitido.
Plánteme usted; cuando más,
lo achacarán a capricho...
y si aún eso evitar quiere, 595
diga usted —la doy permiso—
que soy un necio, un tronera,
que estoy plagado de vicios.

Doña Inés	No prosiga usted; primero
	que recurrir a artificios,	600
	a ser por siempre infeliz
	me conformo, me resigno.

Doña Inés   No prosiga usted; primero
que recurrir a artificios,   600
a ser por siempre infeliz
me conformo, me resigno.

Don Luis   Mas, ¡ah señora!, por Dios;
no es soportable el martirio
de mirar siempre a su lado   605
un objeto aborrecido.
Téngase usted compasión;
rompa su empeño conmigo
sin miramiento ninguno.
Si es menester me arrodillo   610
demandándole esa gracia,
por su bien, no por el mío.

(Dobla una rodilla a los pies de Doña Inés.)

Doña Inés   Pero, don Luis...

Escena VIII
Don Luis, Doña Inés, el Barón y el conde.

El Barón   (Al ver a Don Luis a las plantas de Doña Inés.)
¡Bravo! ¡Bravo!
No hay que asustarse, chiquillos.
Gozamos el Conde y yo   615
al veros así, tan tímidos,
tan amartelados.

Doña Inés   ¡Padre!

El Barón   (A Don Luis.)
¡Tú también, pobre novicio,

te ruborizas?

Don Luis   Señor...

El Conde   ¿Dónde has estado, sobrino?   620

Don Luis   Me perdí por esos campos,
y acaso le habré tenido
inquieto a usted; mas perdón
de su bondad solicito.

El Barón   Ya no hay en nadie inquietudes,   625
gracias a Dios; ni aun vestigios
quedan de ellas.

(Al conde.)   ¿No es verdad?

El Conde   Si opina usted...

El Barón   Lo que opino
es que la boda esta noche
debe hacerse.

El Conde   Convenimos,   630
sin embargo, en que se aplace
el suceso apetecido,
si la salud de esta dama
lo exige.

El Barón   Yo garantizo...

El Conde   A ellos toca el resolver,   635
y yo, amigo, me anticipo
a decir que —pues los veo
cabizbajos e indecisos—

	desde luego mejor fuera retardáramos...	
El Barón	No atino	640
	por qué razón, Conde. ¡Ea! hablar vosotros... ¡prontito! ¿Qué queréis? ¿Qué deseáis?	
Doña Inés	En todo, padre, suscribo a lo que diga don Luis...	645
Don Luis	Yo, tío, a Inés me remito. Hoy o mañana es igual para mí.	
Doña Inés	Pienso lo mismo; si ha de ser, no importa el cuándo.	
El Barón (A Don Luis.)	Pues entonces yo decido la cuestión por lo más pronto. ¿Lo apruebas?	650
Don Luis	(Suspirando.) No contradigo.	
El Barón	(A Doña Inés.) ¿Y tú?	
Doña Inés	(Suspirando.) Prometí obediencia.	
El Barón	¡Conde!, ya usted los ha oído, y condesciende sin duda...	655

El Conde	Si ellos quieren, no replico.
El Barón	¡Eh, pues! ¡Abraza a tu esposa!
Don Luis	Pero...
Doña Inés	(Aparte, apoyándose en Beatriz.) (¡Esto más!...)
El Barón	¡Ve, Luisito! Abraza y firme... ¿Qué esperas? Lo consiento, lo autorizo. 660
Don Luis	Obedezco... ¡Ah!

(En el momento en que Don Luis se adelanta para acercarse a Doña Inés, que se halla algo desviada hacia la derecha, aparece Flora por la izquierda, a espaldas del conde. Don Luis, que al ir a abrazar a su futura dirige a su tío una mirada de angustia, ve a Flora y lanza un grito; ella corre velozmente y se entra en la glorieta haciéndole un gracioso gesto de amenaza; él se para turbado, sin llegar a Doña Inés, con los ojos fijos en la glorieta.)

El Barón (Aparte.)	(¿Qué le pasa?)
El Conde	(Llegándose a él.) ¡Luis!
El Barón	¿Acaso te has torcido un pie?
El Conde	¿Qué miras?

(Siguiendo con sus ojos la dirección de los de Don Luis.)

Don Luis	Yo... nada...
El Conde	¡Nada!
Don Luis	No... En efecto, miro... Pero no es nada... una flor...

665

El Conde y el Barón	¡Una flor!...
Don Luis	(Turbado y sin saber qué decir.) ¡Pues!... de improviso me acordé que esta mañana, al verla, tuve el designio de presentársela a Inés... y avergonzome el olvido de aquel propósito.

670

El Conde (Aparte.)	(¡Siempre las flores!)
El Barón (Al conde.)	Será un marido ejemplar.
(A Don Luis.)	Pues llega, corta, y hazle la ofrenda a tu ídolo, que la distracción pasada perdona a tu amor contrito.

675

(Don Luis, siempre mirando a la glorieta, corta la primera flor que encuentra, que es una de lis.)

El Conde	(Bajo al Barón.) Sepa usted que son las flores su escollo, su precipicio, su extraña monomanía...

El Barón (A Don Luis.)	¡Bah, Conde!... De tu cariño 680 presenta la linda prenda.
Don Luis	(Presentando la flor a Doña Inés.) Ruego a usted...
Doña Inés	(Retrocediendo con espanto al ver la flor.) ¡Cielos!... ¡Oh impío!... ¡Ella... otra vez!... ¡en tu mano!... ¡Aparta, aparta, vestiglo!... Ya te comprendo... ¡Sí! ¡Basta! 685 ¡Soy inocente!... yo espiro.

(Cae desmayada.)

El Barón	¡Hija!
Don Luis	¡Conde!...
El Conde	¡Desmayose!
Beatriz	Como un tronco: ¡Dios bendito! Si las flores la producen vapores y parasismos. 690
El Conde	Las flores!
Beatriz	Solo su nombre basta a sacarla de quicio.
El Barón	¡Es posible!

104

El Conde	¡Cosa extraña!
Beatriz	Tiene espasmos convulsivos siempre que las ve.
El Barón	Si hubiera 695 tal circunstancia sabido... mas volviendo... ¡Inés! ¡Hija!
El Conde (Aparte.)	(¡Señor!, esto es inaudito.)
Beatriz	(Dándole a oler un pomo.) Con esta sal de Inglaterra... Siempre la traigo conmigo 700 para un lance.
Doña Inés	¡Ah!
El Barón	Ya respira.
Beatriz	¡Hija!
El Barón	¡Inesita! ¡Mi hechizo!
Doña Inés	¿En dónde estoy?...
El Barón	En mis brazos.
Beatriz	Con tu Beatriz.
Doña Inés	Necesito aire... me falta el aliento... 705 Tuve un sueño...

Beatriz	(Interrumpiéndola con viveza.) ¡Sueño ha sido; no hables más!
El Barón	Darla reposo.
Beatriz	Que me preste el Conde auxilio para llevarla a su cuarto.
Don Luis	Yo también...
Beatriz	(Rechazándolo.) No; no es preciso. Entre el Conde y yo...
El Conde	Inesita, mi brazo la ofrece arrimo. Apóyese usted...
El Barón	¡Llevadla! Yo, con este reumatismo, no tengo, y más si me asusto, ni las fuerzas de un mosquito.

710

715

(Se llevan a Doña Inés entre el conde y Beatriz.)

Escena IX
El Barón, Don Luis, luego Juan, Flora, Criado 1.º y Criado 2.º

Don Luis (Aparte.)	(O está loca muy de veras, o nada de esto me explico.)
El Barón	¡Malditas las flores sean! Como yo hubiera previsto...

720

	Pero ni una ha de quedar
	con vida en estos dominios.
(Llamando.)	¡Antonio! ¡Pablo!
Don Luis (Aparte.)	(¿Qué intenta?)
El Barón	¡Eh! ¡Tomasa! ¡Juan! ¡Benito!
Juan	(Viniendo, y en pos suya los criados.)
	¿Llama el amo?
Tomasa	(Saliendo de la casa.)
	¿Qué ha pasado?

725

El Barón	¡Escuchad todos! Yo firmo
	sentencia de muerte...
Juan	(Retrocediendo.)
	¡Muerte!...
El Barón	Contra esos seres dañinos
	que flores tienen por nombre.
	Quede al punto destruido
	este jardín.

730

Juan (Aparte.)	(¡Santo Dios!)
El Barón	¡Que ni un resto, ni un vestigio
	encuentren aquí mis ojos
	de que tal cosa ha existido!

(Se entra en la casa.)

Escena X

Don Luis, Juan, Flora y luego Flora.
(Toda esta escena es muy viva.)

Juan	Pero las probes...	
Tomasa	Nos toca obedecer, pues servimos.	735
Juan	¡Mis flores!...¡ay!... ¡qué soponcio!	
Tomasa	El amo manda.	
Juan (Llorando.)	No impido... Pero...	
Criado 1.º	¡Eh!, manos a la obra.	
Criado 2.º	¡A ellas, pues!	

(Van a arrancar las plantas y Flora sale de pronto de la glorieta y los de tiene con su ademán.)

Flora	¡No lo permito! ¡Atrás todos!	740
Juan	(Con tono plañidero.) ¡Flora!	
Tomasa	(Con tono de reconvención.) ¡Niña!	
Don Luis (Aparte.)	(¡Yo a este impulso no resisto!)	

Criado 1.º	¡Nada me para! Obediencia es mi aquel.
Criado 2.º	Me encuentro listo.

(Vuelven a avanzar hacia las flores.)

Flora	¡Tened! ¡Lo mando!... ¡Lo ruego! ¡Por Dios! ¡Por Dios!...	745
Tomasa	(Sujetándola.) ¡Loca!	
Flora	(Luchando por desasirse de Flora.) ¡Inicuos! ¡Al arrancar la primera, oiréis mi postrer suspiro!	
Don Luis (Aparte.)	(¡Pobre niña!...)	
Juan (Sollozando.)	¡Ay!...	
Tomasa	Que se haga lo que el señor ha prescrito.	750
Don Luis	(Corriendo a ella.) ¡Flora!	

(Que se suelta de los brazos de Flora y va a arrojarse entre las flores.)

Flora	¡Mi tumba serán, como antes mi cuna han sido!

Don Luis	¡Salid; ni una hoja se arranque!
Tomasa	Señor don Luis...
Don Luis	¡Lo prohíbo!
Criado 1.º	El amo las condenó... 755
Don Luis	Pero yo las patrocino, porque las amo, y resuelvo no tolerar desatinos.
Flora	(Con regocijo y entusiasmo.) ¡Él nos ama! ¡Él nos defiende! ¡Ahora al mundo desafío! 760
Don Luis	¡Mi bien!

(Bajando al proscenio y dirigiéndose a las flores que hay a uno y otro lado.)

Flora	¡Nardos!, ¡dalias!, ¡rosas! ¡claveles!, ¡violetas!, ¡lirios!, ¡él es nuestro!

(Se echa en los brazos de Don Luis.)

Don Luis	(Transportado.) ¡Para siempre!
Tomasa	¡El novio de Inés!...
Juán	¡Ay, Cristo!

Acto III

Sala en la casa de campo donde pasa la acción, amueblada con elegante sencillez. Puertas laterales y al fondo. Comienza a anochecer.

Escena I

El Conde y el Barón.
(El primero está sentado junto a un velador, en actitud pensativa; el otro de pie junto a él.)

El Barón   Vamos, Conde, no hay motivo
para una pena tan grave.

El Conde   (Sin dejar su actitud.)
Para usted todo es pequeño

El Barón   Y para usted todo es grande.
Que Inés solo al ver las flores   5
se atribule, se desmaye,
y declarándose enferma
la alcoba y el lecho guarde;
que por contrario capricho
a Luis las flores le agraden   10
tanto, que —como usted dice—
pronunciara mil dislates
encareciendo su afecto,
no es, por Dios, causa bastante
para que usted de tal modo   15
se acongoje, se anonade.

El Conde   Pero ¿es posible, Barón,
que usted de capricho trate
lo que ha visto? ¿Que aún después
de lo que pasó esta tarde,   20
juzgue extraña mi tristeza,

y exagerado me llame?

El Barón   Pues ¿qué quiere usted?... ¿que piense,
                  que divulgue en todas partes
                  que están locos?

El Conde   Dios me libre   25
                  de querer que usted ni nadie
                  tan gran desgracia divulgue;
                  pero es fuerza que me pasme
                  de que así la desconozca,
                  aunque la mire y la palpe.   30

El Barón   Por Dios, Conde, no persista
                  en querer atribularme
                  con sus tristes convicciones,
                  que es muy posible lo engañen.
                  En cuanto a Luis, no me atrevo   35
                  a decir, sin más examen,
                  lo que es cierto y lo que es falso;
                  pero salgo aquí garante
                  de la razón de mi hija,
                  y no hay para qué asociarme   40
                  a la desgracia de usted,
                  si aquélla efectiva sale.

El Conde   Si usted me fuerza a decirle
                  la verdad...

El Barón   Sin temor hable.

El Conde   Pudiera acaso ofenderle   45
                  y afligirle.

El Barón — Nada calle.

El Conde — Pues bien, Barón, esa boda
que a usted tanto le complace,
y que yo propio creía
fausta, acertada, loable,
era para el pobre Luis
—que no es amado ni amante
de Inés—, atroz sacrificio,
que con interno combate
ha agitado su razón
hasta dar con ella al traste.
Pero respecto de Inés,
sepa usted, si no lo sabe,
que no es nuevo su infortunio.

El Barón — ¡Cómo!

El Conde — En Valencia se esparcen
rumores que lo acreditan
de antiguo.

El Barón — Pues es infame,
inicua, torpe calumnia.

El Conde — Así lo pensé yo antes.

El Barón — Y yo lo afirmo ahora y siempre,
pues —aunque ausente me hallase—
no hubo palabra de Inés,
ni acción insignificante,
que no fuera conocida
de mí. Sí, Conde; es en balde
que por amenguar su mérito

necias patrañas levanten,
pues me consta que ha tenido
muy íntegras, muy cabales,
en todo tiempo y sazón   75
sus preciosas facultades.

El Conde   Plegue al cielo...

El Barón   Si acontece,
                  (¡y de ello el cielo me salve!)
                  si acontece que un trastorno
                  de sus órganos mentales   80
                  se patentice algún día,
                  tenga usted por indudable
                  que en esta casa funesta
                  comenzó, Conde, y que nace
                  —como usted mismo lo ha dicho—   85
                  de un maleficio execrable,
                  cuyo instrumento visible
                  las flores son.

El Conde (Aparte.)   (¡Pobre padre!)

El Barón   De tal verdad convencido,
                  la orden di de que se arrase   90
                  el jardín; de que no queden
                  ni reliquias, ni señales
                  de esas maléficas yerbas.
                  ¡Oh!, ¡me son tan repugnantes
                  desde hoy, me son tan odiosas,   95
                  que por no verlas delante
                  de mis ojos, capaz fuera
                  capaz, Conde, de marcharme
                  a hundirme allá entre los hielos

de los círculos polares!   100

Escena II
El Conde, el Barón y Juan.
(Juan entra sin ser visto de los dos interlocutores de la escena anterior.)

El Conde   Es usted muy extremoso.

El Barón   Y no hay miedo que me ablande.
                    ¡No más flores! ¡No más flores!
                    ¡Que del suelo se descuajen
                    para siempre!

Juan (Aparte.)   (¡Dios bendito!)   105

El Barón   ¡Son unos seres fatales!
                    Ya a estas horas no habrá una
                    con vida.

Juan (Aparte.)   (¡Virgen del Carmen!
                    ¿Cómo decirle?...)

El Barón   Ahora mismo
                    voy a mandar que preparen   110
                    una hoguera, en que las quemen
                    todas juntas, dando al aire
                    —después de que hayan ardido—
                    sus pavesas humeantes.

(Al volverse ve a Juan.)

Juan (Aparte.)   (¡Ay!)

El Barón   ¡Juan!, a buen tiempo llegas.   115

Juan (Aparte.)	(A muy malo.)
El Barón	¡Escucha!
Juan	(Acercándose con timidez.) Mande usía...
El Barón	Préndase fuego en las plantas que arrancaste, hasta volverlas cenizas. ¡Ve a ejecutarlo! No tardes. 120
El Conde (Aparte.)	(¡Vaya un remedio!)
El Barón	(Con enojo a Juan.) ¿Qué esperas?
Juan	Nada, señor... no se enfade; mas es el caso que todo se halla lo mesmo, tocante al jardín; nada arranqué. 125
El Barón	¡Imbécil! ¿Pues no escuchaste mi mandato?
Juan	Su mandato fue que todo se arrasase; mas es el caso que usía —y en esto que Dios repare—, 130 si bien aquello me dijo, también me ordenó denantes que el respeuto y la obedencia

	naide a su yerno negase.	
El Barón	Pero ¿qué tiene que ver...?	135
Juan	Si no me deja que acabe...	
El Barón	Acaba con mil demonios, o que ellos contigo carguen.	
Juan	(Santiguándose.) ¡Jesús, María!	
El Conde	Ven, Juan, explícanos —sin ambajes— por qué la orden no cumpliste, y qué vínculo, qué enlace hay entre eso y mi sobrino.	140
Juan	Sí que lo haré, Dios mediante.	
El Conde	Habla pues.	
El Barón	Pronto y clarito.	145
Juan	Pues hablo, y digo que atañe a la orden que dio primero el que a la última se falte; pues como dijo don Luis que a las flores no tocase naide, porque eran su amor, y que daría su sangre por ellas...	150

(El Conde y el Barón se miran.)

El Barón	¡Conde!
El Conde	¿Más pruebas quiere usted?
El Barón	¡Dios nos ampare!
Juan	Allá queda en el jardín, 155 muy resoluto y muy jaque, preparado a defenderlas de todos, y a todo trance; pues como él dice que...
El Conde	Basta.
El Barón (Al conde, bajo.)	Ve, Juan, dile que descanse; 160 que la sentencia revoco. ¿Quién contradice a un orate?
Juan	Voy corriendo.
El Conde	Y le dirás también —si accede a escucharte— que aquí le espera su tío, 165 que le llama y quiere hablarle.
Juan (Aparte.)	Bien está. (Dios no premita que el don Luis por disculparse nombre a la chica.)
El Barón	¿Aún no has ido?

Juan	Sí, señor.
(Aparte.)	(Ya está con llave 170
	por mi mujer encerrada,
	y pronto, que chille o rabie,
	la llevo a cas de la Bruna
	hasta que el otro se marche.)

Escena III
El Barón y el conde.

El Conde	¡Ay, Barón!
El Barón	¡Ay, Conde!
El Conde	Creo 175
	que usté o yo somos culpables
	de algún horrendo delito,
	que hoy quiere Dios que se pague.
El Barón	¿Quién podía imaginar
	que causaran daños tales 180
	esas efímeras yerbas,
	lujo inútil de los valles?
El Conde	Cuanto pasa es increíble.
El Barón	Pero ¿estará de remate
	el pobre Luis?
El Conde	¡Dios no quiera! 185
El Barón	Pues va a venir, Conde, abarque,
	mida usted todo el abismo
	del mal; que acaso se alcance

algún remedio; yo voy
a ver a mi hija al instante,   190
que en lo que antes observé
no quiero, amigo, fiarme.
¡Dios piadoso, no me quites
la esperanza vacilante
que aún me resta! ¡Mi hija loca!...   195
¡Caiga este techo y me aplaste
si tal desdicha he de ver,
o el suelo se abra y me trague!

(Se va.)

Escena IV
El Conde.

El Conde   ¡La desgracia es, en efecto,
                    extraña, enorme, espantable!   200
                    El mismo infierno parece
                    que la engendró y que la aplaude.
                    Yo estoy absorto, aturdido...
                    todas mis fuerzas se abaten.

(Se sienta de nuevo y apoya la frente en una mano.)

Escena V
El Conde y Flora.
(Flora aparece a espaldas del conde, y habla al principio sin verlo.)

Flora   ¡Victoria! Logré escaparme: 205
                        ahora que grite Tomasa,
                        mi Luis se hospeda en la casa
                        y hallará dónde ocultarme.
                            Me arrancaron de sus brazos,

mas de él estoy satisfecha,   210
y por hablarle desecha...
¡Firmes son ya nuestros lazos!
　　Quiero buscarle... no está
ni en ésta ni en la otra sala...

(El Conde suspira, y Flora, que se ha aproximado a él sin verlo, dice:)

　　¿Quién ese suspiro exhala?...   215
¡Un hombre!... ¡Sí! ¡Lo hallé ya!

(Le toca en el hombro al conde, que tiene inclinada la cabeza, y que la levanta y se incorpora sorprendido.)

　　¡Luis!... No es él...

(Retrocede al encontrarse frente a frente con el conde.)

El Conde　　　　(Aparte, mirándola con sorpresa.)
　　　　　　　　(¡Rara hermosura!)
　　　　　　　　Bella niña... ¿busca usted
　　　　　　　　a alguien?

Flora (Con timidez.)　　Sí... me hará merced
　　　　　　　　sí me indica...

El Conde　　　　¿Por ventura   220
　　　　　　　　　　el Luis que nombró al llegar
　　　　　　　　será tal vez mi sobrino?

Flora (Con alegría.)　　¡Qué escucho! ¡Fausto destino!
　　　　　　　　¡Y yo que me iba a marchar
　　　　　　　　　　medrosa!... ¿Conque, eres tío   225
　　　　　　　　de Luis? Al verte esa cara

	tan seria, ¿quién lo pensara?	
	Pero ya no me desvío...	
	al contrario, te querré	
	—porque es razón que así sea—	230
	tanto como él.	
El Conde (Aparte.)	(¡Me tutea!...	
	Su franqueza imitaré.)	
	¿Conque, es Luis tu conocido?	
Flora	¡Vaya!, ¡pues no lo sería!	
El Conde	Disimula... no sabía...	235
Flora	¡Pues si es mi amigo querido!	
El Conde	¿Desde cuándo esa amistad	
	comenzó, puedo saber?	
Flora	(Con gravedad.)	
	Desde hoy al amanecer.	
El Conde	¡Respetable antigüedad!	240
Flora	Juró ser mi compañero.	
El Conde	No era amargo el compromiso.	
Flora	(En ademán de irse.)	
	Conque, ya ves que es preciso	
	que le busque: hablarle quiero.	
El Conde	¿Cerca de aquí vivirás	245
	sin duda?	

Flora	¿Yo?... soy de casa.
El Conde	¡Cómo!
Flora	Sí; pero se pasa una semana, y aun más, sin que deje la glorieta del jardín; pues no me agrada 250 estarme aquí fastidiada y por Tomasa sujeta.
El Conde	Aunque tal hija no cuadre a un rústico, el jardinero es tu padre, a lo que infiero. 255
Flora	Te engañas: nací sin padre.
El Conde	¡Cómo sin padre!
Flora	Soy Flora.
El Conde	Será ése acaso tu nombre, pero... por fuerza hubo un hombre que te dio vida; en buen hora, 260 pues debe orgulloso estar.
Flora (Riéndose.)	¡Vaya! ¿Qué sarta de errores! Si son mis madres las flores, ¿qué padre puedo nombrar?
El Conde	¿Las flores?...
Flora	Si hay padre mío, 265

cual dices tú debe haber,
el Sol lo debe de ser...
o el céfiro... o el rocío...

El Conde (Aparte.)   (¡Vamos! ¡Vamos! Se me cae
una venda... ya comprendo...)   270

Flora   (Que mira hacia el fondo.)
No viene Luis.
(Al conde.)   Voy sintiendo
enojos... ¿Quién lo distrae
lejos de mí?

El Conde   No lo sé.

Flora   Pero ¡cuánto tarda! ¡Cuánto!

(Va a mirar por un lado y otro.)

El Conde (Aparte.)   (Si él está loco, no es tanto,   275
al menos, como pensé.
¡Esta pobre criatura
sí que lo está de remate!)

Flora (Volviendo.)   Pues como más se dilate...

El Conde   (Mirándola compasivo.)
¡Qué lástima de hermosura!   280

Flora   ¡No viene! Y si en tanto sabe
Tomasa que me escapé
del encierro... ¡ay de mí!

El Conde   (Con interés.)

¡Qué!
¿Te encierran?

Flora   Con doble llave.

El Conde (Aparte.)   (¡Infeliz! ¿Si tendrá accesos   285
                         de furor?)

Flora   Blasa la puerta
                         me abrió, mas cuando lo advierta
                         Tomasa, hará mil excesos:
                         ¡Y ya ves! Fuera gracioso
                         que yo estuviera encerrada,   290
                         estando ya desposada
                         y hallándose aquí mi esposo.

El Conde   ¿Quién es él?

Flora   ¡Luis! Claro está.

El Conde   ¡Cierto!

Flora   Salvó nuestra vida,
                         y yo le amo agradecida   295
                         porque es obligación ya.
                             Hombres malos le obligaban
                         a que diera —a su despecho—
                         a otra mujer el derecho
                         de amarle, y nos condenaban   300
                             a nosotras a la muerte;
                         pero él dijo con valor:
                         «¡Todos atrás! ¡Son mi amor!»
                         y se cambió nuestra suerte.

El Conde	Estás hablando en plural. ¿Sois muchas?	305
Flora	¡Muchas!	
El Conde	¿Y todas tuvieron —como tú— bodas? ¿Alegan derecho igual?	
Flora	¿A qué cosa?	
El Conde	A ser amadas de Luis.	
Flora	¡Todas!	
El Conde (Riéndose.)	¡Quién creyera que tal poligamia hubiera bajo este techo!	310
Flora	Me enfadas con esa risa burlona.	
El Conde (Aparte.)	(¡Es archi-loca!... Me excita llanto y risa... ¡Pobrecita!)	315
Flora	¿Piensas que miento?	
El Conde	Perdona... te presto completa fe.	
Flora	Eso sí; mas tu sobrino no viene, y yo determino buscarle doquier que esté.	320

	Si él se olvida de nosotras	
	tan fácilmente...	
El Conde	¡No tal!	
	acaso, a fuer de leal,	
	ahora acompañe a «las otras».	
Flora	Dices bien: sí que estará	325
	con ellas: corro al jardín.	
El Conde	Mas dime antes, serafín,	
	¿están «las otras» allá?	
Flora	¿Pues en dónde?	
El Conde	Yo ignoraba	
Flora	¡Las hay muy raras, muy lindas!	330
El Conde	Me pasma que tú prescindas...	
	Una rival nunca alaba.	
Flora	Yo las amo con furor.	
El Conde	¡Eso es grandeza de alma!	
Flora	Mas Luis se lleva la palma	335
	sobre ellas.	
El Conde	¡Sublime amor!	

(Con entusiasmo, y como si al describir las flores las viese delante.)

Flora	Hay anémonas, mosquetas,

camelias pintadas, rojas,
jazmines de dobles hojas,
pensamientos y violetas.   340
    Se mece la francesilla
en faz del humilde acanto,
y junto al rojo amaranto
la tricolor maravilla.
    Con la blanca tuberosa   345
se enlaza la ardiente dalia,
y el áureo lirio de Italia
con la bengálica rosa.
    De la nocturna silena
se alza al par el girasol,   350
y el purpurado ababol
junto a la nívea azucena.
    ¡En fin, allá verás tú
con la rosa alejandrina,
los claveles de la China   355
y heliotropos del Perú!

El Conde   ¡Conque, «las otras» son flores?

Flora   ¡Claro!

El Conde   Las suegras dichosas
son entonces, que no esposas
de Luis.

Flora   Sus tiernos amores   360
    somos todas; mas ya ves
que no vuelve...

Tomasa (Dentro.)   ¡Luces, Blasa!

Flora	¡Ay, Dios!, ¡que viene Tomasa!...
	Pero yo apelo a mis pies.
El Conde	¡Aguarda! Yo te defiendo.
Flora	Es que de ti no me fío.
El Conde	¿Cómo no, si soy tu tío?
Flora	Ya estoy sus pasos oyendo...
El Conde	¡Atiende!

(Deteniéndola.)

Flora	No puede ser,
	porque si llega me atrapa.
El Conde	Pero...
Flora	¡Suelta!
El Conde	¡Se me escapa!
Flora (Al salir.)	Nos volveremos a ver.

Escena VI
El Conde y Flora.
(Se va oscureciendo.)

El Conde	Pobre niña!... Será hija
	tal vez de la jardinera.
Tomasa	(Entrando con las luces.)

365

370

Buenas noches.

El Conde   Muy felices.   375

(Mirando a Flora con piedad.)

Si es su madre, hablarla de ella
y de su extraña locura
fuera acrecentar su pena.

(Flora se retira, el conde se sienta.)

Dicen que un loco hace cien;
ya estoy mirando la prueba...   380
y no a cien, a mil podría
trastornarles la chaveta
esa chica encantadora...
Pero iqué extraña demencia!...
¿Será posible que Luis   385
se imagine?... Mas él llega.

Escena VII
El Conde y Don Luis.

Don Luis   Me han dicho que usted me llama.

El Conde   ¡Hombre, sí! Conansia acerba
verte, hablarte he deseado;
y aunque en este instante amengua   390
la inquietud que me agitaba,
cierto encuentro y conferencia
que en esta sala he tenido,
todavía me interesa
mucho, el que expliques tú propio   395

la conducta extraña, necia,
que estás observando.

Don Luis   ¿Yo?...

El Conde   Prescindiendo de la ausencia
tan larga de esta mañana,
y de otras muchas rarezas,   400
¿quieres decirme a qué viene
la predilección que ostentas
por las flores? ¿Con qué objeto
—desmandado en casa ajena—,
su paladín te declaras,   405
y estorbas que se obedezca
al que ordenó destruirlas?
¡Discúlpate, si es que aciertas!

Don Luis   Conde, no niego que estoy
dando muestras de simpleza   410
y extravagancia; no niego
que puede pensar cualquiera
que soy imbécil o loco.

El Conde   Jurara por mi conciencia
lo segundo, hace un instante,   415
y aún dudo si...

Don Luis   Mi cabeza,
gracias a Dios, está sana;
mas no mi pecho, que incendia
un amor, que apenas nace
cuando ya déspota reina.   420
¡Tío!, adoro a una deidad.

El Conde	¡A una loca!

Don Luis	¡Qué blasfemia!
	Si usted conociese a Flora...

El Conde	Sabe que acabo de verla.

Don Luis	¡Usted!

El Conde	¡La he visto... y oído!	425

Don Luis

¡Pues bien! ¿Qué dice, qué piensa
de esa divina hermosura,
de esa virgínea pureza?

El Conde

Que es lástima que se escape
cuando Tomasa la encierra.   430
¡Luis!, que admires los encantos
de una hermosura halagüeña,
no soy severo censor
que muy a mal te lo tenga
ni aun el día de tu boda,   435
que a fe no es poca indulgencia.
Pero que esa pobre niña
—tan insensata cual bella—
te fascine, te trastorne
hasta el punto de que puedas   440
decir y hacer tonterías,
faltando a las conveniencias
sociales... no hallo disculpa,
y quiero ver la que alegas.

Don Luis

Usted llama insensatez   445
al candor, a la inocencia,

que más me encantan en Flora
que su angélica belleza.

El Conde   Y ¿es candidez el que abrigue
             la pretensión estupenda   450
             de ser hija de las flores?

Don Luis   La infeliz no halla en la tierra
             seres tan puros y hermosos,
             ni que más se le parezcan.
             Y como ignora su origen,   455
             y una caricia materna
             no ha recibido jamás,
             en fin, como impresa lleva
             —cual sello que darla quiso
             la misma naturaleza—   460
             aquella flor misteriosa...

El Conde   (Levantándose.)
             ¿Qué sello, qué flor es ésa?

Don Luis   ¡Ah! ¿Conque, no sabe usted?
             Pues quiero, Conde, que entienda
             que es la historia de esa niña   465
             tan misteriosa y poética,
             que no es posible otra igual
             en fantástica leyenda.
             Le diré cuanto he sabido;
             verá usted qué coincidencias   470
             tan raras...

El Conde   Vamos adentro,
             porque alguien aquí se acerca.

(Llevándose a Don Luis.)

Don Luis   Es la insufrible nodriza.

Escena VIII
Beatriz y después Flora.

Beatriz   Porque me han visto se alejan;
                     me adivinan el deseo.   475
                     Buscar a Tomasa es fuerza
                     y salir de estas congojas.
                     Tal parece que penetra
                     la maldita mis temores,
                     y en prolongarlos se empeña.   480
                     Pues dejo a Inés con su padre,
                     corro al jardín...

(Aparte, entrando por otra puerta que la que para salir tomaba Beatriz.)

Tomasa   ¡Qué perversa!
                     ¡Se escapó! ¿Dónde habrá ido?

Beatriz   ¡Tomasa!

Tomasa   ¡Beatriz! ¡Qué perla
                     es la niña!...

Beatriz   ¡Chist!

Tomasa   Decía...   485

Beatriz   Baja la voz. Mi impaciencia
                     por hablarte era muy grande;
                     pero secreto, cautela

en todo; existen motivos
poderosos.

| Tomasa | Por mi lengua | 490 |

nadie sabrá...

| Beatriz | Bien me consta |

tu consumada prudencia.

| Tomasa | Puedes estar muy tranquila, |

pues sabiendo que no peca
por muy reservado Juan,   495
procuré que ni aun sospechas
de la verdad concibiese.

| Beatriz | ¿Conque, él no sabe?... |

| Tomasa | Ni sueña |

en saber; como es así,
tan inocentón... tan bestia,   500
por explicarme más claro,
logré que se persuadiera
de que las flores le daban
aquel fruto.

| Beatriz | Mas no creas |

que tal absurdo...

| Tomasa | El bendito | 505 |

se lo tragó como breva.

| Beatriz | Pero al ver que recibías |

cantidades...

Tomasa	Bueno fuera
	que a sus narices llegara.
	¡Bah!, no soy tan inexperta.
	Tus regalos, prima mía,
	son de mi bolsa secreta.
	¡Pues si él es más manirroto!
	Además, que la reserva
	que exigiste...
Beatriz	Sí, Tomasa,
	y hoy más te la recomienda
	tu Beatriz agradecida.
Tomasa	Motivos tengo de quejas,
	mas no por eso...
Beatriz	Yo espero
	que has de quedar satisfecha:
	pero dime —antes que todo—
	¿dónde la niña se encuentra?
	¿En dónde habita?
Tomasa	En la casa.
Beatriz	(Con ansiedad.)
	¿En qué casa?
Tomasa	¡Toma!, en ésta.
Beatriz	¡En ésta! ¡Cielos! ¿Qué has dicho?
Tomasa	La encerré; pero es traviesa
	como ella sola, y logró...

510

515

520

525

Beatriz	Todas las carnes me tiemblan.
Tomasa	¿Temes tal vez?
Beatriz	¡Yo estoy fría!
Tomasa	¡Bah!, no eres tú la primera que...

530

Beatriz	¡Tomasa!, si evitar quieres desdichas inmensas, es menester que esta noche la niña desaparezca.

Tomasa	Pero... Me asustas, Beatriz. ¿Es porque el novio...?

535

Beatriz	Está envuelta en un misterio espantoso de esa niña la existencia.
Tomasa	¿No es tu hija?
Beatriz	¡Lo es del infierno!
Tomasa	¡Santa Virgen!
Beatriz	Como puedas de aquí alejarla, no importa el modo... apruebo cualquiera que propongas.

540

Tomasa	Yo abrigaba, antes de hoy, la mala idea

	de vengarme de tu olvido,	545
	haciendo que no volvieras	
	a verla.	

Beatriz (Con viveza.)   Y ¿cómo pensabas
                        lograrlo? ¿De qué manera?

Tomasa   ¡Ah, Tomasa!¡Ése es mi anhelo!,
                        que la cosa es como suena;   550
                        que si el plan se verifica
                        jamás volverás a verla.

Beatriz   ¡Ah, Tomasa! ¡Ése es mi anhelo!,
                        ¡separación larga... eterna;
                        que nunca este aire respire;   555
                        que nunca a este suelo vuelva!

Tomasa   Pues entonces no hay que hablar:
                        descansa; la cosa es hecha.
                        Cuando espese más su manto
                        la noche, que ya comienza,   560
                        la fragata de Beltrán,
                        la Tisbe, se da a la vela

Beatriz   ¿Y qué?

Tomasa   ¿No lo has entendido?

Beatriz   Ese Beltrán...

Tomasa   Se la lleva,
                        la muda el nombre, y jamás...   565

Beatriz   ¡Ah! ¡Sí, tu idea es soberbia!

	Pero ¿él querrá?...	
Tomasa	Lo propuso él mismo; ternura extrema tiene por Flora; adoptarla promete...	
Beatriz	¡No te detengas! Vas y entrégasela al punto, con la condición expresa de que nadie, en ningún tiempo, —aun cuando tú misma seas—, alcanzará a descubrir el paraje de la tierra en que oculte para siempre a esa chiquilla funesta.	570 575
Tomasa	Yo misma iré a conducirla; tus inquietudes sosiega; y cuando oigas que a distancia un cañonazo resuena, sabe que ya va tu Flora navegando para América.	580
Beatriz	(Dándole un bolsillo.) Por si ocurriese algún gasto...	585
Tomasa (Tomándolo.)	Nunca daña; adiós.	
Beatriz	¡Presteza!	

Escena IX
Beatriz.

Beatriz	Respiro, en fin; ise dilata
	mi corazón!... Recompensa
	tendrá Tomasa muy grande;
	cuanta permita mi hacienda. 590
	Vuelven el Conde y don Luis.

Escena X

El Conde, Don Luis y Beatriz.
(Salen Don Luis y el conde, éste distraído y preocupado.)

Don Luis	Sí, señor...
(Aparte.)	(¡Aquí esta vieja
	permanece!...)

Beatriz	Advertiré
	que cuando el vicario venga...

Don Luis	(Impaciente.)
	Sí, vaya usted, sin tardanza, 595
	y cuanto le plazca advierta.

Beatriz (Resentida.)	Obedezco.
(Aparte.)	(¡Vaya un novio
	amable!... Ya no me peta.)

Escena XI

El Conde y Don Luis.

Don Luis	Pues sí, Conde, yo no puedo
	mi palabra retirar; 600
	mas no me quiero casar...
	Ni avanzo, ni retrocedo.

El Conde	(Siempre preocupado.)

¿Conque, es una flor de lis
la que tiene Flora impresa?

Don Luis   ¡Perfectísima! Ya es ésa   605
mi estrella polar.

El Conde   ¡Oh, Luis!...
no hay que ceder imprudente
a una impresión pasajera.

Don Luis   ¡Morirá cuando yo muera
la que hoy mi corazón siente!   610

El Conde   A cada nuevo capricho
la eternidad se le endosa
a tu edad; mas no hay tal cosa.

Don Luis   Lo que creo es lo que he dicho.

El Conde   Pues es falsa la creencia;   615
y crimen negro sería
pagase tu error de un día
de esa niña la inocencia.
    La bella edad como espuma
se desvanece, mas queda   620
—sin que nadie huirla pueda—
la conciencia, que nos suma
    con tremenda exactitud
cuántas lágrimas costaron
los deleites que volaron   625
con la loca juventud.

Don Luis   Antes que turbar de Flora
la existencia grata y pura,

                                renunciara a la ventura
                                mi corazón, que la adora.   630

El Conde (Aparte.)   (¡La flor de lis!)

Don Luis   Solo anhelo
                                mi libertad, mi albedrío...
                                Sálveme usted, caro tío,
                                y el premio le guarde el cielo.
                                    En estas manos me pongo,   635

(Tomándoselas afectuoso.)

                                míreme usted compasivo;
                                a fuer de humilde cautivo
                                nada hago, nada dispongo...
                                    pero aguardo, aguardo ansioso
                                que usted mis grillos quebrante;   640
                                pues tanto cual fino amante
                                soy sobrino respetuoso.

El Conde   (Mirando dentro.)
                                    Bien, hombre, sí; mas te ruego...
                                Viene a esta sala el Barón.

Don Luis   No me hallo en disposición   645
                                de soportarlo. Hasta luego.

Escena XII
El Conde y el Barón.

El Conde (Aparte.)   (¡Una flor de lis!...)

El Barón   ¡Ay, Conde!

¡Estoy muerto! ¡Soy perdido!

El Conde   Amigo, ¿qué ha sucedido?

El Barón   Por mí este duelo responde.   650
                  Usted la razón tenía,
                  usted dijo la verdad...
                  ¡Qué horrenda fatalidad!
                  ¡Qué negra estrella la mía!

El Conde   Inés...

El Barón   ¡Ay! ¡No queda duda!   655
                  ¡Ya ha entregado la patente!

El Conde   ¿Conque...?

El Barón   ¡Demente!... ¡demente!

El Conde   ¡Padre infeliz!...

El Barón   No está muda
                  por desgracia... ¡Habló sobrado!

El Conde   Y ¿mostró claro...?

El Barón   ¡Ay de mí!   660
                  ¡Si aquello ya es frenesí!
                  Trémulo salgo, espantado.
                    Grita que siempre delante
                  tiene aquella infausta flor
                  de lis, que brotó en mal hora...   665

El Conde   ¿De lis?...

El Barón   Y se agita y llora,
mostrando acerbo dolor.

El Conde   ¿La flor de lis?... ¡Siempre ella!
¡Siempre esa misma!... Y yo aquí

(Golpeando su frente con la mano.)

           la tengo también... ¡sí! ¡sí!...   670
¡La veo encarnada y bella!...

(El Barón mira al conde, espantado.)

           ¿Cuándo?... ¿Dónde?... ¡No lo sé!...
Guardo un recuerdo confuso...
Esa flor... ¿quién me la puso
aquí?... Por que está... J si a fe!   675

(Golpeándose en la frente de nuevo.)

El Barón   (Aparte, retrocediendo.)
(¡Qué es esto!...)

El Conde   ¡Tantos han sido
de aquella edad borrascosa.
los recuerdos!... pero es cosa
que no ha tragado el olvido
    completamente. Aunque vaga,   680
oscura, aquí la hallo impresa...
y es esa flor... ¡ésa! ¡ésa!

El Barón (Aparte.)   (¡Jesús divino! ¡Qué plaga
    nos cae!... ¡El Conde también!)

El Conde	(Cada vez más preocupado.)
	¿En qué ha jugado esa flor?... 685
El Barón (Aparte.)	(¡Solo yo falto, Señor!
	¡Piedad de mí!, ¡piedad ten!)
El Conde	(Acercándose al Barón, que le huye medroso.)
	Barón, oiga usted...
El Barón	Sí... vuelvo...
(Aparte.)	(Éste debe ser furioso.)
El Conde	¡Qué recuerdo tenebroso! 690
El Barón (Aparte.)	(Huir de esta casa resuelvo
	sin demora; el maleficio
	ya es patente. ¡Cielos santos!
	¡Que yo al menos, entre tantos,
	logre escaparme con juicio!) 695

(Se va corriendo.)

Escena XIII
El Conde, luego Doña Inés y Beatriz.

El Conde	Esa flor hizo un papel
	en mi vida de mancebo...
	y casi a decir me atrevo
	que debe haber mucha hiel
	en esa historia...
Doña Inés (Dentro.)	¡Beatriz, 700
	déjame!...

El Conde	¡Inés!
Beatriz	¡Tente!
Doña Inés	¡No! Con don Luis he de hablar yo.

(Sale Doña Inés a la escena, desmelenada, el rostro desencajado, y desordenado el vestido.)

Beatriz	¡Qué vas a hacer, infeliz!	
El Conde	(Llegándose a Doña Inés.) Señora...	
Doña Inés	¡Ah, Conde!... ¿es usted? Yo buscaba a su sobrino... porque decir determino a él y a todos...	705
Beatriz	(A Doña Inés en tono suplicante.) ¡Por merced!	
Doña Inés	No puedo ya sufrir más; ¡Harto he callado por ti!... El cielo ordena que aquí rompa el silencio...	710
Beatriz	(Bajo a Doña Inés.) ¡Jamás!	
El Conde	(Acercándole una silla.) Sosiéguese. usted; yo anhelo	

	complacerla en cuanto mande;	
	pero su emoción es grande	
	en este momento.	

Doña Inés	(Sentándose, toda trémula.)	
	¡Oh, cielo!	715
	¡Si es tan amarga, tan triste	
	la historia que a contar voy!	

| Beatriz | (Al conde, bajo.) | |
| | No está en su acuerdo. | |

| Doña Inés | (Que la oye.) | |
| | Sí estoy. | |

(Con tono solemne, poniéndose una mano en el pecho.)

	¡Conde! Aquí un secreto existe.	720
	Cuando mi mano otorgué	
	al que cual padre le mira,	
	puedo decir —sin mentira—	
	que lo hice porque no hallé	
	en mi vida dolorosa	725
	falta que la desluciera,	
	y que a mis ojos me hiciera	
	indigna de ser su esposa.	
	Si no le amaba, mi amor	
	a él tampoco le pedía,	730
	de su aprecio me creía	
	merecedora en mi error.	

Beatriz	Inés

El Conde	(Desviando a Beatriz.)

¡Aparta! Prosiga
usted, señora, con calma.

(Se sienta a su lado.)

Doña Inés	Llevaba siempre en el alma	735
	una memoria, enemiga	
	de mi reposo.	

Beatriz (Aparte.)	(¡Qué empeño!)	

Doña Inés	(Con agitación creciente.)	
	Y recatarla pensaba	
	de quien mi padre me daba	
	por compañero, por dueño.	740
	De mi inocencia segura,	
	un delito no creía	
	aquella reserva mía;	
	pero Dios, desde su altura,	
	la juzgó de otra manera,	745
	y aquí dispuso que Luis	
	idos veces la flor de lis	
	ante mi vista ofreciera!	

El Conde	(Con interés muy vivo.)	
	¿La flor de lis?...	

Doña Inés	En su pecho	
	la ostentaba esta mañana;	750
	y esta tarde...	

Beatriz	¡Cesa, insana!	

Doña Inés	Esta tarde a mi despecho	

	me la presentó el impío,	
	como fatídica ofrenda...	
	¡Oh!, la impresión fue tremenda,	755
	mas comprendí el deber mío.	

El Conde   (Vivamente.)
                    Aquella flor...

Doña Inés   Su atención
                    présteme, Conde, un momento.

El Conde   Hable usted; la escucho atento.
(Aparte.)   (¿Por qué tiemblas, corazón?)   760

Doña Inés   Desde muy niña vivía
                    siempre en retiro profundo,
                    y muy ajena del mundo,
                    en Castellón con mi tía.

El Conde   ¿En Castellón?...

Doña Inés   Allá era   765
                    donde el invierno pasaba,
                    y en donde me fastidiaba
                    de una vida triste, austera;
                        mas en la bella estación
                    se calmaban mis pesares.   770
                    A cien pasos del Mijares
                    una hermosa posesión
                        conservó siempre mi tía,
                    y durante los calores
                    allí —a vivir con las flores,   775
                    que eran la delicia mía—
                        acostumbraba llevarme,

	y entonces me contemplaba	
	tan dichosa, que no hallaba	
	con quién poder compararme.	780

El Conde   (Con interés y agitación crecientes.)
              ¡Prosiga usted!

Doña Inés   Del jardín
               yo propia quise cuidar,
               y era todo mi anhelar
               que de uno al otro confín
                  de la tierra, no existiera   785
               planta peregrina y rara
               que en mi vergel no se hallara,
               y tributo me rindiera.
                  Por una, empero, ostentaba
               predilección decidida...   790
               por una, ¡oh Dios!, que a mi vida
               ponzoña horrible guardaba.
                  Cuando su primer capullo
               abrió la planta funesta,
               fue día en casa de fiesta,   795
               y yo —con gozo y orgullo—
                  en mi cabello hice alarde
               del tesoro que obtenía,
               y a ostentar fui mi ufanía
               por el campo aquella tarde.   800

(El semblante y gestos del conde revelan los recuerdos que el relato de Doña Inés despierta en su mente.)

El Conde   ¿Era una tarde?...

Doña Inés   En el río

me contemplaba serena,
cuando de pronto resuena
cercano un tiro.

El Conde (Aparte.)   (¡Dios mío!...)

Doña Inés   Al margen, puesta de hinojos,   805
yo en las aguas me miraba
y a mi flor acariciaba...

Beatriz   (Acercándose.)
¡Cesa!

Doña Inés   Y al alzar los ojos
    asustada por el tiro,
me hallo al frente un cazador...   810
¡Luego, al bajarlos, mi flor
envuelta en las ondas miro!

El Conde   ¡Ah!, ¡sí!...

Doña Inés   La veo impelida
por la impetuosa corriente,
y fascinada, demente,   815
de un vértigo poseída,
    queriendo asirla, me inclino
con ímpetu, y caigo al agua...
¡Por tan leves medios fragua
nuestra desdicha el destino!   820

El Conde   ¡Basta!

Beatriz   ¡Inés!

Doña Inés	No sé nadar...
	Por la corriente arrastrada
	debí morir ahogada
	imas no me quiso otorgar
	tan grande ventura Dios!
	El mismo que causa fue
	de mi susto, caer me ve
	y se arroja de mí en pos,
	logrando en breve sacarme
	a la orilla; mas, iay!, tanto
	aún era, Conde, mi espanto,
	que apenas llegué a mirarme
	en tierra, y en el momento
	en que él gritó: «iSalva estás!»,
	ya no pude entender más
	Quedé sin conocimiento.

Doña Inés   No sé nadar...
Por la corriente arrastrada
debí morir ahogada
imas no me quiso otorgar
   tan grande ventura Dios!   825
El mismo que causa fue
de mi susto, caer me ve
y se arroja de mí en pos,
   logrando en breve sacarme
a la orilla; mas, iay!, tanto   830
aún era, Conde, mi espanto,
que apenas llegué a mirarme
   en tierra, y en el momento
en que él gritó: «iSalva estás!»,
ya no pude entender más   835
Quedé sin conocimiento.

El Conde   (Se cubre la cara con las manos.)
iOh, Dios!

Beatriz   (Bajo a Doña Inés.)
iHija!, ipor tu honor!

(Sin atender ni a lo que la dice Beatriz, ni al dolor y a la vergüenza que manifiesta el conde.)

Doña Inés   Cuando el sentido cobré,
bajo de un árbol me hallé,
isola!... isola!

(Se levanta con la mirada extraviada. El Conde se levanta también.)

   Mas la flor   840
   sobre mi seno veía,

y en ella estaba grabada,
y patente a mi mirada,
línea fatal, que decía:
«Consérvala por recuerdo   845
de mi rápida ventura...»

El Conde   (Aparte, como si quisiera huir de sí mismo.)
                (¡Ah!)

Beatriz   ¡No es cierto! ¡Qué locura!

Doña Inés   (Casi delirante.)
                ¡Y nunca de vista pierdo
                    desde tan hórrido instante
                aquel recuerdo infernal!   850
                ¡Siempre aquel río fatal
                me lo está echando delante!...

(Como si le viera ante sus ojos.)

                    ¡Y gira la flor maldita,
                y veo —entre mil congojas—
                que va ostentando en sus hojas   855
                mi eterna deshonra escrita!

El Conde   ¡Inés! ¡Inés!...

Beatriz   ¡Desdichada!

Doña Inés   No la disipa la luz,
                ni de la noche el capuz
                logra dejarla eclipsada.   860
                    El huir de ella es vano empeño;
                nada durmiendo consigo

¡La tengo siempre conmigo
en la vigilia y el sueño!

(Tocando su frente.)

¡Aquí sus hojas se imprimen,   865
y cual las guarda mi mente
las tuvo el fruto inocente
de aquel espantoso crimen!

El Conde   (Con extrema agitación.)
               ¡Cómo!

Doña Inés   La niña infeliz
               que un solo beso alcanzó   870
               de su madre, y que murió
               en los brazos de Beatriz,
                 ¡cual signo de desventura
               en su cutis blanco y bello
               sacó, al nacer, aquel sello   875
               que llevó a la sepultura!

El Conde   ¡Te engañaron, Inés!

Doña Inés   ¡Qué!...

El Conde   ¡Sí! ¡Te engañaron! ¡No ha muerto!

Doña Inés   ¿Mi hija?...

El Conde   ¡Vive!

Doña Inés   ¿Vive?

Beatriz	¡Cierto!	
	¡Mas perdón! Yo te engañé,	880
	a tu tía obedeciendo.	

Doña Inés   ¡Mi hija vive!

El Conde   ¡Y está aquí!
                   ¡Bajo este techo!

Doña Inés   ¡Dios mío!

El Conde   ¡Él dispone, justo y pío,
                   que la recibas de mí!   885
                     ¡La vas al punto a abrazar!

Doña Inés   ¡Ah!

(El Conde va a salir precipitado, y suena en el mismo instante el cañonazo.)

Beatriz   ¡Ya es tarde, señor Conde!

Doña Inés   ¿Tarde?...

El Conde   ¿Qué has dicho? ¡Responde!

Beatriz   Que ya nos llega a anunciar
                   aquel ronco cañonazo   890

Doña Inés   (Con ansiedad creciente.)
                   ¿Qué?

El Conde   ¿Qué?

Beatriz   Por salvar tu honor

lo dispuse, y con dolor
ahora, Inés, tus pies abrazo.

(Se echa a los pies de Doña Inés.)

Doña Inés   ¡Oh! ¡Cada acento me mata!...

El Conde   ¡Pronto la verdad pronuncia!   895

Doña Inés   El cañonazo, ¿qué anuncia?...

Beatriz   Que surca el mar la fragata
                   que a la que abrazar deseas
                   va a lanzar a playa ignota...

Doña Inés   ¡Cielos! Mi cáliz se agota...   900
                   ¡Yo espiro!...

(Doña Inés se deja caer en la silla que antes ocupó; el conde acude a soste-
nerla, rechazando a Beatriz, y pronuncia la maldición que termina la escena.)

El Conde   ¡Maldita seas!

Escena XIV
El Conde, Doña Inés, Beatriz, el Barón y Flora.

El Barón   (Que entra sofocado.)
                       ¡Déjame!

Tomasa   Justicia pido.

El Barón   ¡Esto más!

Tomasa   ¡Demanda entablo!

El Barón	¡Que no te llevara el diablo!
Tomasa	Mi hija con don Luis ha huido. 905

(A estas palabras de Flora, el conde presta atención con movimiento muy vivo.)

> Al Cabañal la llevaba,
> y él al camino salió
> y osado me la robó.

El Conde	¡Oh, Inés! ¡Al Eterno alaba!
Doña Inés	¿Qué?...

(Se pone en pie.)

Escena XV
El Conde, Doña Inés, Beatriz, el Barón, Flora, Don Luis y Flora.

Don Luis	(Dentro todavía.)
	No temas; nuestros lazos 910
	eternos son desde ahora.

(Entra con Flora.)

El Conde	¡Luis!...
Don Luis	¡Conde!, ¡mi esposa es Flora!
El Conde	(Arrojándola en brazos de Doña Inés.)
	¡Ve de tu madre a los brazos!

Doña Inés	¡Ah!

Don Luis	¡Su madre!...

Tomasa (Aparte.)	(¡Absorta estoy!)

Flora	Mi madre!

(Que busca y halla la flor de lis, impresa en el hombro de Flora.)

Doña Inés	¡La veo!... ¡es ella!	915
	¡La flor!... ¡Mi hija!... ¡mi hija bella!	

(La abraza y la besa con alegría delirante.)

El Conde (Aparte.)	(Desde este instante otro soy.)

Flora	¡Oh!... ¡qué gozo!

Don Luis	¡Fausta noche!

(Que está algo desviado del grupo que forman los demás.)

El Barón	¡Señor!, ¿no habrá quien los ate?	
	¡Todos lo están... de remate!	920

Escena XVI
El Conde, Doña Inés, Beatriz, el Barón, Flora, Don Luis, Flora y Juan.

Juan (Saliendo.)	Llegó el vivario en el coche.

El Barón	Para completar la fiesta
	eso faltaba.

El Conde	¡Que entre!

El Barón	¿Para qué?, ¿para que encuentre...?

El Conde   La capilla está dispuesta.   925

El Barón   Pero ¿a quién ha de casar?

El Conde   Como obtenga su perdón,
al Conde de Mondragón
con doña Inés de Povar.

(Se arrodilla delante de Doña Inés.)

Doña Inés   (Retrocediendo y mirando al conde con espanto.)
¡Dios!

El Conde   Si demanda a tus pies   930
un criminal tal ventura,
¡no por él, por su hija pura,
acoge su ruego, Inés!

Doña Inés   (Abrazando de nuevo a su hija.)
¡Ah!

El Barón   ¡Ya pasa de locura!

Don Luis   ¿No es sueño?

Doña Inés   ¡Oh, hija querida?   935

(Doña Inés parece vacilar un momento, y luego dice.)

     ¡Llega a tu padre!

(El Conde se levanta y abraza a Flora.)

                           ¡Ah!

Juan (Aparte.)   (¡Su padre!...)

Flora   (Entre el conde y Doña Inés, que la acarician.)
                          ¿Conque, tengo padre y madre?

El Conde   (Señalando a Don Luis.)
                          ¡Y esposo, luz de mi vida!

El Barón (Aparte.)   (Te darán cuanto les cuadre.)

El Conde   ¡Hija!... ¡esposa!...

Juan (Aparte.)   (Yo estoy tonto.)   940

Doña Inés   ¡Dios mis pesares compensa!

El Barón   Si de aquí no escapo pronto,
                          el contagio... ¡Mas lo afronto!

Flora (Con emoción.)   Aunque es mi ventura inmensa
                               por tal familia alcanzar,   945
                          ¡padre!, ¡madre!, el corazón,
                          en su tierna agitación,
                          como que siente un pesar...

(Movimiento de inquietud del conde y de Doña Inés.)

                          Porque mis flores, ¿qué son?
                          ¿Qué son, caro Luis, mis flores?...   950

(A estas palabras de Flora, Juan corre y entra en una pieza, de la que sale con una cesta llena de flores.)

Don Luis   Disipa, mi bien, tu pena,
                  que ellas forman la cadena
                  de nuestros puros amores.

Juan   ¡Aquí hay una cesta llena!
                      ¡Para adorno del altar   955
                  esta tarde las cogí;
                  pero te las riego aquí,
                  para vértelas pisar!

(Echa las flores a los pies de Flora.)

Flora   (Con entusiasmo.)
                  ¡Sí, Juan!, ¡espárcelas!, ¡sí!
                      Y que esa alfombra se extienda,   960
                  ¡oh padre!, ¡oh madre querida!,
                  embalsamando la senda
                  de vuestra apacible vida.

El Conde   ¡Flora!

Don Luis   ¡Amor!

Doña Inés   (Besándola.)
                  ¡Mi dulce prenda!
                      ¡Oh padre! La bendición   965
                  déle a su nieta inocente.

(Los tres se acercan al Barón, Flora en medio.)

El Conde	Y perdone a un delincuente en un amigo, Barón.
El Barón	(Aparte, entre conmovido y asustado.) (¡No sé lo que el alma siente!... Perdono con mil amores... 970 y bendigo, si eso es poco...)
Juan	¡Viva la hija de las flores!
Flora	(Acariciando al Barón.) ¡Y su abuelito!

(Que parece luchar en vano contra el ascendiente de aquella caricia, y que mira a Flora embelesado.)

El Barón	¡Ay señores!... ¡Me declaro también loco!

(Abraza a Flora.)

Libros a la carta

A la carta es un servicio especializado para
empresas,
librerías,
bibliotecas,
editoriales
y centros de enseñanza;
y permite confeccionar libros que, por su formato y concepción, sirven a los propósitos más específicos de estas instituciones.

Las empresas nos encargan ediciones personalizadas para marketing editorial o para regalos institucionales. Y los interesados solicitan, a título personal, ediciones antiguas, o no disponibles en el mercado; y las acompañan con notas y comentarios críticos.

Las ediciones tienen como apoyo un libro de estilo con todo tipo de referencias sobre los criterios de tratamiento tipográfico aplicados a nuestros libros que puede ser consultado en Linkgua-ediciones.com.

Red ediciones edita por encargo diferentes versiones de una misma obra con distintos tratamientos ortotipográficos (actualizaciones de carácter divulgativo de un clásico, o versiones estrictamente fieles a la edición original de referencia).

Este servicio de ediciones a la carta le permitirá, si usted se dedica a la enseñanza, tener una forma de hacer pública su interpretación de un texto y, sobre una versión digitalizada «base», usted podrá introducir interpretaciones del texto fuente. Es un tópico que los profesores denuncien en clase los desmanes de una edición, o vayan comentando errores de interpretación de un texto y esta es una solución útil a esa necesidad del mundo académico.

Asimismo publicamos de manera sistemática, en un mismo catálogo, tesis doctorales y actas de congresos académicos, que son distribuidas a través de nuestra Web.

El servicio de «libros a la carta» funciona de dos formas.

1. Tenemos un fondo de libros digitalizados que usted puede personalizar en tiradas de al menos cinco ejemplares. Estas personalizaciones pueden ser de

todo tipo: añadir notas de clase para uso de un grupo de estudiantes, introducir logos corporativos para uso con fines de marketing empresarial, etc. etc.
2. Buscamos libros descatalogados de otras editoriales y los reeditamos en
tiradas cortas a petición de un cliente.